삶의 매 순간 깔려 있는 행복

국립중앙도서관 출판예정도서목록(CIP)

삶의 매 순간 깔려 있는 행복 : 임채수 산문집 / 지은이: 임
채수. -- 서울 : 선우미디어, 2015
    p. ;   cm
경남문화예술진흥원으로부터 제작비 일부를 지원받았음
ISBN 978-89-5658-415-7 03810 : ₩12000
산문집[散文集]
814.7-KDC6
895.745-DDC23   CIP2015028924

삶의 매 순간 깔려 있는 행복

1판 1쇄 발행 | 2015년 10월 25일

지은이 | 임채수
발행인 | 이선우
펴낸곳 | 도서출판 선우미디어

　　　등록 | 1997. 8. 7 제305-2014-000020
　　　02643 서울시 동대문구 장한로12길 40, 101동 203호
　　　☎ 2272-3351, 3352 팩스: 2272-5540
　　　sunwoome@hanmail.net
　　　Printed in Korea ⓒ 2015. 임채수

※ 이 도서의 국립중앙도서관 출판시도서목록(CIP)은 서지정보유통지원시스템
　　홈페이지(http://seoji.nl.go.kr)와 국가자료공동목록시스템(http://www.nl.go.kr/kolisnet)에서
　　이용하실 수 있습니다. (CIP제어번호:2015028924)

값 12,000원

ISBN 89-5658-415-7 03810

※ 이 책은(재)경남문화예술진흥원으로부터 제작비 일부를 지원받았습니다.

경남문화예술진흥원　경상남도　한국문화예술위원회

삶의 매 순간 깔려 있는 행복

임채수 산문집

선우미디어

작가의 말

글을 쓴다는 것은 불면의 밤을 새워가며 고통과 싸워야 하는 작업이었다. 사춘기 때부터 아픔의 연속이었던 나는 내일 죽을지 모른다는 생각으로 내게 주어진 오늘을 가장 행복하게 살고자 했다. 나의 삶 앞에 주어진 시간을 가장 소중하고 가치 있게 쓰고자 책을 손에 들고, 글을 써 왔다. 돌이켜 보면 칠흑의 어둠 같은 아픔으로 보낸 청춘이 있었기에 짐승이 아니라 인간으로 살고 싶어 몸부림쳤던 것 같다. 이러한 삶의 궤석이 있어 시간 시간 깔려 있는 행복을 찾아내기 위해 그림을 그리고, 글을 쓴다. 그림이나 글의 소재를 찾아다니면서 어느덧 나는 나를 수호하고 있는 운명의 여신을 사랑하게 되었다. 내가 세상에 태어난 목적은 어떤 것인가. 아직 알지 못한다. 그러나 분명한 것은 하루의 시간은 기적이라는 것이다.

우리의 삶이란 각기 독특한 경험이란 보석을 나누면 산다. 바위 속에 묻힌 보석은 캐내기 전에 알 수 없다. 캐내고 다듬는 노력 끝에 보석이 탄생한다. 이렇게 탄생한 보석도 남에게 필요할 때 보석이 된다. 아직 수면 밑에 있거나 암굴에 갇혀 빛이 필요한 어두운 곳도 많다. 삶이란 아름다운 향연을 세상과 나누기 위해 ≪삶의 매 순간 깔려있는 행복≫으로 삶의 빛을 나누고자 한다. 내가 받은 빛이 누군가에게 조금이라도 도움이 될 수 있다는 생각으로 글 쓰는 고통을 즐기고 있다.

저자 임채수

| 차례 |

작가의 말 · 4

[수필 편]

소설 편

내일은 해가 뜬다

자기 앞의 생

그는 직장을 마치고 집으로 들어서자 형광등 불빛 아래서 무거운 일상을 벗어놓고 앉았다. 부엌에는 가스레인지 불이 냄비의 등을 낮게 기어오르고, 냄비뚜껑은 국 끓는 소리를 뱉어내고 있었다. 아내가 밥상을 차리는 부엌에는 프레시안 고양이처럼 나른한 불빛이 바삐 움직였다. 아내는 어느새 밥상을 차려 들고 왔다. 그는 아내와 밥상을 두고 마주 앉는다. 아내는 생각 없이 널브러진 텔레비전 전기코드를 꽂고 뉴스 채널을 틀어준다. 그는 언제나처럼 TV를 보면서 식사를 한다. 눈에 익은 젊은 앵커가 증명사진을 찍는 표정으로, 다음 분기는 마이너스 성장이란다. 어차피 생은 플러스건 마이너스건 희비쌍곡선을 그리며 살아가지 않는가. 아내와 마주하는 밥상에서 따뜻한 김이 뺨으로 피어오르고, 그는 단백질을 꾹꾹 씹어 섭취하며 아내에게 모래부터 하기휴가라 말한다.

아내는 갈치구이를 닭 모이 쪼듯 파서 먹으며, 우물 같은 눈으로 걱정의 말을 뭉텅뭉텅 꺼내었다. 외할머니 집에서 공부하는 지혜에게 돈을 부쳐야 한다는 것이었다. 좀 전에 지혜가 턱이 아파 음식을 먹지 못하겠다며 울면서 전화를 했다는 것이다. 그는 고명딸인 지혜에게 등 붙일 공간을 열어주기 위해 해외 유학이란 이름표도 달아주었지만 이름값 못하는 것 같아 속이 상했다. 지혜와 어머니를 생각하면 머리가 아프다고 머리부터 만지는 아내에게 더 할 말이 없었다. 박봉으로 무력하여 구멍난 독 같은 생활비 앞에 휴가라는 단어는 무색하기만 하다. 그는 입을 닫았다.

그 역시도 팔십 넘은 장모님 건강과, 나뭇가지처럼 말라 기관지니 이빨 때문에 병원을 자주 다니는 지혜의 일에 머리가 무겁다. 그렇다고 뾰족한 수가 있는 것도 아니고, 생활을 걱정하는 아내에게 더 이상 말을 못하고 책을 집어 들었다. 아내는 남편이 평일에는 회사 일에 시달리다가 집에 오면 저녁 먹기 바쁘게 축 처진 옷처럼 잠이 들거나, 휴일이면 먼지 묻은 책만 읽는 집안일에 무심한 남편을 아내가 마뜩찮게 여기는 것을 모르는 것은 아니었다. 그러나 돈에 여유가 있어야 할 나이에, 돈에 멱살이 잡혀 버둥거리는 현실의 냉기류와 부딪쳐보아도 다른 대책이 없었다. 현재 주어진 일에 최선을 다하며 사는 수밖에 없다고 굳게 생각하였다.

그는 회사에서 책상에 앉아 행정 서류를 꾸미거나, 물품 운반을 위해 차량 운전을 한다. 짜여진 틀 속에서 자신의 존재를 잊고 나사가 쪼이는 과업에만 열중하다가, 자신의 시간을 휴일에서야 헐겁게 사용할 수 있었다. 아내는 책만 읽고 있는 그에게 들으라는 듯 조금 높은 음성으로 아파트가 오래되어 도배를 해야 한다고 걱정하였다. 아내가 그의 허리를 꼬집듯 집안일에 관심을 가지라고 꼬집는 말이었다. 그는 애써 아내의 눈을 피하며 속절없이 낡은 벽지를 보고 "돈이 있으면 도배를 해야 할 텐데…" 하면서 어물거렸다. 아내는 퇴색된 희망으로 한숨을 쉬며 은행 빚부터 갚아야 한다고 하였다. 그의 축 처진 영혼은 안개에 쌓인 듯 자기 앞의 생을 더듬어본다. 생이란 속절없이 먹은 나이의 언덕을 넘어 청춘의 열정이 있어야 한다. 나이가 들수록 젊음을 유지하려는 열정의 숨구멍, 신성한 감수성이 있어야 한다. 그런 감수성을 얻기 위해 그는 책을 들고 산다. 때로는 스포츠에 열중한다.

그는 난치병으로 어두운 터널을 걷다 단식으로 빛을 보았다. 그러한 은혜를 세상에 되돌려 주려는 단식 보급 운동을 하고 있다. 앙드레 지드의 《좁은 문》에서 "좁은 문으로 들어가라. 멸망으로 인도하는 문은 크고 그 길이 넓어 그리고 들어가는 자가 많고, 생명으로 인도하는 문은 좁고 길이 협착하여 찾는 이가 적음이니라.(마태 13:14)"고 인용하지 않았던가. 그는 단식의 빛을 알리는 길은 좁은 길이지만 꾸준하게 걸으면 언젠가는 목표 지점에 도달할 것이라 믿는다.

그는 읽던 책을 덮고 야구 중계를 본다. 롯데 자이언트 이대호가 홈런을 쏘아 올렸다. 사람들은 청양고추 같은 매운 일상을 통쾌한 홈런으로 씻고 싶거나 또는 불황의 그라운드에 에러 없는 수비벽을 쌓고 싶어, 바위로 짓누르는 일상에서 벗어나 경기에 열광하고 있었다. 그는 야구중계를 보다 뉴스를 보자는 아내에게 휴가 때 휴가 가기는 어려우니, 삼사 일간만 단식을 하겠다고 했다. 아내는 단식이라는 말에 긴장의 시위를 당기지만 귀에 익어 이내 무감각해진다.

"말라 가지고 뭐 단식할 게 있다고 또 단식을 한다고 그래….."

그는 긍정이란 단어를 저울 위에 올려놓은 아내의 눈을 보며 말했다.

"단식을 하지 않으면 거래처에서 산청에 일박이일 래프팅 가는데 따라갔다 올까?"

아내는 홀로 집에 남기 싫은 내면에 침전된 말을 수면 위에 올려놓았다.

"래프팅 가는데 그냥 따라갈 수 있어? 준비도 하고, 돈도 쥐고 가야지, 차라리 단식하는 편이 낫겠다."

아내는 어느새 설거지를 끝내고, 씻은 포도를 그릇에 담아 와서 포도 알을 따서 입에 넣으며 그를 보고 단식 중독자라 한다. 그는 중독이라도 걸릴 만한 중독이라고 반문하였다.

"단식을 하면 육체를 씻고, 정신도 살찌우고, 건강도 관리하고 얼마나 좋아?"

그도 포도를 하나 따서 입에 넣었다. 거봉 포도는 맛이 있었다. 거봉 포도는 신맛을 싫어하는 나이에 먹어도 먹을 만하다고 생각하며 다시 한 알을 따서 먹으며 단식이 좋은 점을 말한다.

"단식하면서 하는 휴가가 얼마나 고상해? 종교인들이 깨달음을 위해서 고행의 방법으로 하는 건데 직장에 다니는 사람도 일 년에 한 번 정도 단식수련을 하면 이것보다 더 좋은 심신수련법이 없는 것 같다. 단식수련을 하면 육체적으로도 건강해지고 영성이 맑아져 간절하게 바라는 일이 있으면 뜻을 이룰 수 있다는 경지까지 이룰 수 있다니 얼마나 좋은 수양법이야."

아내는 늘 듣는 소리지만, 나이가 들수록 영양을 섭취하여서 건강을 관리해야 하는데, 먹지 않으면 살이 더 빠지니 이제 그만하는 게 좋지 않겠느냐고 한다. 아내는 어느새 부엌에서 물을 끓여 따뜻한 녹차를 가지고 왔다. 그는 잔을 들어 따뜻한 녹차의 향기를 마시며 단식이 얼마나 좋은지 조금이라도 더 알려 줄 요량으로 말한다.

"부처도 나무 아래서 단식을 하면서 깨달음을 얻었고, 예수도 광야에서 단식을 하면서 깨달음을 얻었고, 공자, 소크라테스 또한 궁핍으로 단식을 한 사람들 아니냐? 로마시대의 철인 세네카도 자기 마음이 얼마나 굳건한지 알아보려면, 단식수련을 통해 며칠 동안 시험해 보라고 하였다. 세네카도 단기 단식을 자주하였고 하루에 한 끼 식사로 평생을 살았다고 한다. 고통을 통해 평안을 배우고, 가난을 통해 부를 배우고, 더 잘 먹고 잘살기 위해 단식을 하는 것이다. 그러니 휴가 때 단식하는 것보다 멋진 휴가가 또 있겠어?"

아내는 그런 그를 보면서 무뚝뚝하게 말한다.

"그건 당신이 하는 말이지, 다른 사람이 그렇게 말하는 것을 들어보지 못했네. 단식을 하면 살찐다고 하여 계속해 왔지만 살이 붙어야지, 살이 붙지 않는데 왜 하는지…" 하면서 말꼬리를 흐렸다.

그는 그렇게 말하는 아내의 마음을 모르는 것이 아니다. 살이 한 밤에 오르내린다고, 야윈 사람도 결혼하여 아내가 해 주는 밥을 먹으면 살이 붙는데, 살이 붙지 않으니까 주위의 눈도 그렇거니와 결혼을 하고 이 날까지 남편이 통통하게 살이 오른 모습을 보지 못하였으니, 남편에게서 살이 찐 모습을 보고 싶었던 것이다.

아내는 단식의 효과에 대하여 누구보다도 잘 이해하는 사람이다. 살이 오른 남편을 보고 싶다고 처음 단식을 언급한 것도 아내였다. 서른셋의 나이에 매일 두통과 소화불량으로 비실거리는 남편이었으니, 아내가 사회에서 만난 언니의 남편도 두통으로 고생을 하다가 단식하고 나았다는 말에 그에게 단식을 권한 것이었다. 아내는 단식원에 같이 가 보자고 하였고, 그 당시 아내와 같이 찾아간 곳은 마산 요가, 단식원이었다.

그가 아내와 같이 버스를 타고 30여 분 만에 도착한 단식원은 입구에 들어서자 옆으로 다년생 꽃들로 장식한 정원이 있었는데 물을 뿌리는 데 쓰는 모양으로 수도 호스가 길게 늘어져 있고, 바닥에는 붉은 벽돌이 정원을 가로질러 있었다. 사무실에는 원장이라는 팻말이 있는 책상과 검은색 소파가 있었다. 책상 위에 명함꽂이가 있었고, 한쪽 벽면에 "용무가 있으신 분은 벨을 누르세요." 하는 안내 표지가 있었다. 또한 표지 옆에는 빨간색 벨이 있었는데, 벨을 누르고 얼마 있지 않아 2층에서 원장이 "어서 오세요." 하며 내려왔다. 얼굴에 웃음을 머금은 원장은 요가 지도를 하다 내려왔는지 헐렁한 회색 바지를 입은 채 윗도리를 매만지며 그의 앞으로 다가왔다. 원장은 그와 아내가 자리에서 일어서는 것을 보고 소파를 가리키며 "앉으세요."라고 부드럽고 조용하게 말하였다. 그와 아내가 소파에 앉자 원장도 같이 자리에 앉았다. 원장은 까무잡잡한 얼굴이 건강해 보이고 사십 후반정도 되는 듯했다. 조용한 눈에 부드러운 미소를 띠며 "어떻게 오셨어요?" 하고 물었다. 그는 어떻게 이야기해야 하나 망설이다가 무거운 짐을 내려놓는 것처럼 단식원을 찾아온 이유를 말했다.

"원장님, 쥐약을 먹은 적이 있어 위가 골병이 들었는지, 병원에 가면 병명도 나타나지 않고 몸은 계속 아파 단식을 해보려고 하는데 단식을 하면 나을 수 있을까요?"

원장은 아무런 미동도 없이 담담하게 듣고는 "어쩌다가 쥐약을 먹었어요?" 한다. 더 자세한 것은 묻지 않고 당연하게 나을 수 있다고 낮은 음성으로 따뜻하게 말했다.

"여기 오길 정말 잘했어요. 단식을 하면 나을 것이니 걱정 말아요."

원장의 말에 그의 옆에 앉은 아내가 야위고 파리한 남편을 바라보며 물었다.

"이렇게 야위고 힘이 없는데 단식을 해도 괜찮을까요?"

원장은 염려가 들어 있는 아내의 눈을 의식하고는 말했다.

"예. 걱정하실 필요 없습니다. 단식을 하면 비만체질은 살이 빠지지만 야윈 사람은 살이 찝니다."

아내는, 결혼 전에 몸이 약해도 결혼 후에는 모두 살이 붙는다

하는데, 더 말라가는 남편이 단식을 하면 살이 붙는다는 원장의
말에 귀가 솔깃했는지 밝은 표정으로 다시 물었다.

"단식을 하면 살이 빠지는 것이 아니고 살이 찔 수 있다는 말이
정말인가요?"

원장은 포근한 미소를 띠며 말했다.

"단식을 하면 너구리마냥 오동통하게 살이 붙을 것입니다."

아내는 남편이 살이 붙지 않아 늘 긴장하며 생활한 터였다. 단
식을 하면 너구리처럼 오동통하게 살이 붙는다는 원장의 말을 듣
고는 그에게 단식을 해보라고 용기를 주었다.

그 후 그는 서른셋 한창 나이에 해골 같은 얼굴로 차를 타고
단식원으로 출퇴근하면서 단식을 하였다. 매일 버스를 타는데다
가 나뭇가지처럼 마른 팔로 버스에 힘없이 매달리어 오가는 일이
너무나 힘이 들었다. 사람들의 시선이 몸에 박히는 것 같았지만
대부분 사람들은 자신의 일 외에는 관심이 없다고 생각하며 용기
를 가지고 단식을 계속했다. 단식원에서 행한 대로 본 단식을 끝
내고 보식에 들어가자 하루가 다르게 살이 올랐다. 단식과 보식기
간 동안 잠이 오지 않을 때는 밤샘을 하면서 책을 읽었다. 보식
삼 개월이 끝날 무렵 예전과 같이 오동통한 얼굴이 되었다. 그는
속에서 억제할 수 없는 만족감 이상의 것이 일어나는 것을 느꼈
다. 눈에 띄지 않지만 자신감이 붙는 것을 느낄 수 있었다. 목욕탕

에서 때를 밀 힘도 없어 이러다가 죽겠구나 생각하였던 그에게 어디서 생기는 건지 불끈불끈 힘이 솟았다.

그는 단식을 하고부터 늘 호주머니에 넣고 다니던 병원 약을 모두 버렸다. 단식의 효과가 너무 눈부시어 단식의 맹신자가 될 수밖에 없었다.

단식으로 건강을 되찾고 건강을 관리할 겸 스쿠버다이빙을 배울 때 일이었다. 짝 호흡을 배우는 날이었다. 그가 스쿠버다이버를 배울 때 창원에는 실습할 수 있는 수족관이 없어 바다로 나가야 했다. 폭풍이 온 다음 날이라 마산 인근 바다는 시야가 확보되지 않아 거제 바다로 나갔다. 거제 바다 해안에도 파도가 높게 밀려왔다. 그는 슈트를 입고, 납을 차고 레귤레이터와 산소통을 메고 조교를 따라 바다로 들어갔다. 해변 가까이는 거센 파도로 시야가 확보되지 않아 먼 바다로 나가야 했다. 짝 호흡은 두 사람이 스쿠버다이버를 하다가 한 사람이 산소가 떨어지면 짝을 이룬 사람의 산소를 같이 마시면서 바다에서 나오는 실습이었다.

그는 바다 깊은 곳에서 그가 숨을 쉬고 있는 레귤레이터를 입에서 떼어내고, 상대가 주는 레귤레이터를 받았다. 그는 레귤레이터를 받았지만 물을 레귤레이터에 뱉어내고 산소를 마시는 것을 숙지 못한 상태였다. 들이쉰 산소를 뱉어내지 못하고 머금은 채 물을 마시고 말았다. 그는 당황하여 바다 밑에서 수면으로 급부상하게 되었다. 물론 짝 호흡을 가르치던 조교도 그의 레귤레이터를 잡고 급부상을 도우며 놀란 가슴을 쓸어내려야 했다.

그는 그날 사고로 폐포폐혈증이란 잠수병에 걸리게 되었다. 폐 포폐혈증은 메고 있는 산소 통의 산소가 바다 깊이 들어가면 바다 물의 밀도에 의하여 압축이 되는데, 바다 밑에서 이분의 일, 삼분의 일로 압축된 공기를 마시고 뱉어내지 못하고 수면위로 올라올 경우 산소가 두세 배로 부풀어 올라 폐 세포가 파열되면서 오는 병이다. 폐 세포가 파열되면 핏속에 산소가 들어가게 된다. 그는 상한 피가 몸속으로 흘러 온몸이 따끔거리고 쥐가 나서 앉아 있을 수가 없었다. 잇몸에서 피가 자주 나고 이가 솟고 위장이 더 나빠 졌다. 자리에 앉아 일을 할 힘조차 없었다.

그는 잠수병은 치료방법이 없는 난치병이어서 임상실험의 기회 라고 자위하면서 보름간 단식을 하였다. 그는 7일의 휴가를 내고 시작하였지만 그 이후는 직장에 다니면서 해야 했는데 그때는 표 고버섯 물을 먹어가면서 하였다. 단식 기간 동안은 맑은 공기와 적당한 운동이 필요하여 팔용산 골짜기나 서원곡 골짜기에서 책 을 읽으며 시간을 보내기 일쑤였다. 염려했던 거와 달리 본 단식 7일을 넘기자 탈력감으로 무겁게 계단을 오르던 몸이 오히려 새 털처럼 가볍게 올랐다. 그러나 직장에 나가야 하는 부담감을 안고 하는 본 단식 기간이었다.

본 단식 기간이 끝나기 전에 출근을 해야만 했다. 앉아 있지도 못하던 몸이 이제는 앉아서 일을 할 수 있었다. 보식 기간 2개월 동안은 술, 음료, 커피, 맵고 짠 음식, 육식 그리고 딱딱한 음식을 먹을 수 없었다. 점심은 집에서 먹으면서 절제와 인내를 하는 것은 자기와의 싸움이었다. 단식 기간이 지나자 몸에 살이 더 붙었고, 몸의 컨디션은 예전보다 훨씬 좋아졌다.

또 한 번의 위기가 왔다. 늦은 나이에 옮긴 직장에서 물품을 지고 몇 개 층을 올라가야 하는 일에다 별난 직원을 관리하자니 스트레스에서 벗어나지 못하고 있을 때였다. 위장이 약한 그는 설사의 연속이었다. 그러나 그에게 직장은 규칙적인 생활로 건강을 가져다 주는 곳이기에 직장을 놓을 수는 없었다. 설사가 멈추지 않자 몸살이 났다. 그러나 후둘거리는 다리로 어떡하든 버티어 내야 했다. 설사병을 고치기 위해 병원을 다니면서 약을 먹어도 아무 소용이 없었다. 그래서 이름 있는 한약방을 찾아가 한약을 삼 개월 먹으면 나을 수 있다고 하여 먹었지만 그것 역시 설사는 그치지 않았다. 설사를 계속하다 보니 탈진이 심하여 이러다가 죽는 것이 아닌가라는 생각이 물밀듯이 밀려왔다. 그는 육체적 아픔으로 칠흑 같은 어두움에 갇혔을 때 구원의 빛이었던 단식을 생각하였다.

휴가 기간을 틈타 사 일간 한 단식은 수술한 것과 같이 효과가 눈부시었다. 값비싼 탕약으로도 그치지 않았던 설사가 멈추고 정신은 더 강해졌다. 단식은 육체적으로 건강도 주지만 스트레스를 이겨낼 수 있도록 강한 정신을 준다는 것을 또 다시 실감할 수 있었다.

아내는 단식을 해도 살이 찌지 않고 그대로라고 투정 섞인 말인 말을 하지만 말리지는 않는다. 어느 정도 그의 생의 일부가 되어버린 단식을 이해하고 있기 때문이다. 매년 단식하는 남편으로 그 신비와 효과를 누구보다도 잘 알지만 남편 뒷바라지는 아내의 몫이라서 그녀도 힘들어 했다. 그는 그런 아내이지만 혹 잊어버리기 쉬운 단식의 효과를 강조한다.

"다른 말보다 옛날에는 아프면 병원에 가기가 바쁘고 약이 떨어질 날이 없었는데 지금은 단식을 하고 병원에 가지 않는 것만 해도 건강하고 돈을 번 것이야."

아내는 녹차를 마시면서 무슨 말인지 알고 있으니 단식하는 데 준비해야 할 것을 알려 달라고 했다.

그는 마음의 편린들을 주워 모으듯 단식에 필요한 표고버섯, 다시마, 현미, 흑설탕 등 준비물을 아내에게 일러주면서 회사에서 컴퓨터로 만들어 왔다며 단식 계획표를 슬그머니 내보였다. 아내는 단식 계획표를 받아 화장대 위에 올려놓고 잠자리에 들 준비를 하였다.

아내가 그의 곁에 누웠다. 그는 아내에게 팔베개를 해주면서 아내를 보았다. 편안한 표정이 그의 웅크린 가슴을 펴게 하였다. 그런 아내지만 이것저것 생각하면 우울증이 오려고 한다는 말을 듣고 그는 걱정이 앞선다. 적막한 공간을 부부만의 육체와 마음으로 불을 켜는 집에서 남편은 직장 일에 매달려 행진을 하지만 가정주부는 무성한 나뭇잎 같은 생각에 묻힌다. 아내의 꿈이 단조로운 회색빛으로 변하는 나이에 경제적 받침이 없는 무력함이 고개를 내미는 것인지도 모른다. 생은 그렇게 복잡하지도 않고 단순하지도 않으며, 그저 흐르는 물처럼 살아가면 되는 것이지만 아내는 살림을 퍼즐 맞추듯 어렵게 짜 맞춘다. 그는 그런 아내의 이마를 쓰다듬으며 아내를 본다. 둥그런 얼굴에 조용한 눈, 짧게 쳤지만 언제나 깔끔하게 빗은 머리, 얼굴이 맑은 아내이다.

채식을 하는 그를 따라 채식주의인 아내를 보면, 배우자는 하늘이 맺어준다는 생각이 든다. 평소 생각대로 하느님은 배우자를 주시는 것이다. 그는 결혼 전이었을 때는 두통과 소화불량을 따뜻하게 쓰다듬어 줄 수 있는 이성이 그리웠다. "나에게 애인이 있다면 언제까지 행복할 거야." 하는 남진의 노래를 친구와 같이 즐겨 불렀다. 아픔과 외로움에 발버둥 치며 마음을 위로해 줄 수 있는 이성이 있었으면 하는 간절한 바람으로 꿈을 꾸었다. 환상같이 텅 빈 공간에 홀로된 외로움과 싸우던 영혼은 꿈속에서 외로움을

쓰다듬어 주는 여인을 보았고, 꿈속에서 보았던 여인을 찾다가
아내를 현실에서 만났다. 은혼식을 넘기기까지 현모양처로 이부
자리를 깔아주는 아내, 유별난 여자들을 많이 보아 온 터라 부드
러운 과일의 씨앗처럼 단단하고, 조용히 내조하는 아내가 고마웠
다. 이십여 차례 단식을 하는 남편을 챙겨주는 아내가 없었다면,
이렇게 생활 깊이 뿌리를 내리고 안락을 즐길 수 없었을 것이다.

　사회는 얼마나 냉정하였던가. 그는 견딜 수 없을 정도로 고통스
러운 아픔을, 지금 죽을 처지는 아니라고 편지를 써서 서울, 대구
에 소재한 유명한 병원에 호소하는 편지를 띄워보았지만 어떤 답
장도 없었다. 그는 그때 사회를 불신하였고, 아무리 죽을 정도로
아파도 혼자의 아픔이지 누구도 알아줄 사람이 없다는 것을 알았
다. 아픈 원인은 자신이 가장 잘 아니 홀로 서서 세상을 헤쳐 나가
야 했다. 그의 아픔은 병원에서는 나타나지 않으니 슬픈 운명인지
축복인지 모르지만 치유방법은 단식밖에는 없었다.

　노동 후에 빛나야 하는 그의 휴가 준비는 속에서 꿈틀대는 욕망
의 회충을 잡는 구충제와 사회의 노폐물을 씻어 낼 관장약이었다.
그는 표고버섯 물로 몸과 마음을 씻고, 내부에 잠재되었던 신선한
세포의 씨앗들이 싹 틔워지기를 기원하며 단식을 했다. 단식이
끝나면 얼마간 소화 흡수력이 좋아져 살이 붙다가 얼마 있지 않아
본 체중으로 돌아오더라도 몸에 힘이 생겼다. 나이가 있으면 먹는

힘으로 일을 한다더니 한 삼 일 단식을 하고 나니 그렇지 않아도 말랐던 얼굴이 더 패이고, 눈은 더 들어갔다. 밖은 장맛비가 드럼을 치는 것처럼 내리며 마음을 적시었다.

아내는 본 단식이 끝난 남편의 보식을 위해 정성으로 상을 차렸다. 단식하는 휴가 기간 동안 멈추지 않을 것 같았던 비가 그치고 타는 하늘이 보이는 날이었다. 열대야 기후로 변해 후덥지근한 날씨에 연일 계속되는 비로 맥없이 선풍기를 틀어 댔다. 그는 책을 읽다 말고 텔레비전을 볼까, 컴퓨터를 볼까? 망설이다가 아내에게 시원한 산골짜기에서 지내다 오자고 하였다. 아내도 같은 마음이어서 가볍게 동의했다. 어디로 가든 낯선 세계로 간다는 것은 항상 마음에 날개를 달게 하였다. 아내는 산골짜기에 들어가서 먹을 차와, 과일, 무른 밥 등을 준비한다. 그는 부지런을 떨며 아내가 챙겨 주는 보온병과 과일을 배낭에 넣었다.

그는 등산 배낭 두 개를 아내와 나누어 각각 어깨에 메고 아파트 지하주차장으로 내려가 차를 탔다. 아파트 지하주차장에서 밖으로 나오자 암굴에 갇혀 있다 나오는 것처럼 마음이 설레었다. 그날따라 비 온 뒤 갠 날은 흐드러지게 맑았다. 단식 후의 마음 같았다. 맑은 하늘에 "이렇게 아름다운 세상을 볼 수 있게 하여 주어 감사하다."는 말이 계속 나왔다. 아내는 핸들을 잡고 있는 그를 보고 오늘 날씨가 너무 좋다면서 웃었다. 그는 일광욕하기 좋은 날씨라며 삼복 도로로 차를 몰았다.

그는 차를 몰고 서원곡 골짜기로 들어섰다. 산골짜기 주차장에는 더위를 피해 나들이 나온 차량들로 만원을 이루고 있었다. 어렵게 빈자리를 찾아 주차를 하고 골짜기로 올라갔다. 그동안 내린 비로 대낮에 내리쬐던 뜨거운 열기는 식고, 나뭇잎이나 산 능선은 시원스러워 보였다. 구름의 옷을 벗은 태양의 광채가 내리쬐는 골짜기에는 진초록의 수풀이 더욱 짙게 드리워져 있었다. 더위에 타던 나무들이 골짜기마다 풍부하게 흐르는 물로 시원한 숨을 들이쉬고, 산골짜기 물은 금과 은이 잠겨 있는 물처럼 반짝이고 있었다. 산골짜기마다 사람들이 즐거운 물놀이에 푹 빠져 인산인해를 이루고 있었다. 그는 사람들 속에 파고들기보다 조용한 곳을 찾고 싶었다.

그는 나뭇잎이 싱그러운 향기를 뿜어내는 골짜기를 오르다 기도원 아래 거북모양 엎드려 있는 바위를 보았다. 아내에게 저 자리가 좋겠다며 골짜기로 내려가 개울가 바위에 배낭을 풀었다. 우선 바위 위에 자리를 깔고 포도, 오렌지, 물통, 도시락을 풀어 놓았다. 그는 자리 끝에 앉아서 두 발을 개울물에 담그고 책을 펴들었다. 아내는 도시락을 열고 그에게 나무젓가락을 주었다. 그는 밥을 꼭꼭 씹어 먹으며, 음식이 공기와 함께 인체로 들어가 탄소동화작용으로 포도당이 되고, 피가 되고, 살이 되고, 뼈가 되는 것을 느낀다. 그는 음식 하나 하나에 많은 희생이 따르는 우주의 신비를 생각하며 밥 한 알이라도 소중하게 먹는다. 그는 책을 펴들고 아내에게 말한다.

"대부분 사람들은 배부르면 세상의 진리는 여자와 황금이라며 욕망을 채우려다 인생의 진정 소중한 가치는 잊어버리는 것 같아. 단식 기간 동안은 욕망도 중요하지만 비우는 기쁨을 알게 하는 시간이어, 그 동안 읽고 싶었던 책도 많이 읽을 수 있으니 마음이 깃털 같아서 좋았어."

아내도 책을 들고 과일을 먹으면서 말했다.

"이렇게 책 읽는 것이 좋은데, 사람들은 술을 마시면서 피 같은 시간을 낭비하는지 모르겠어."

돌 틈 사이 물들이 졸졸 흐르고 있었다. 흐르는 물은 생동감이 있다. 그는 세상에서 쌓은 재물과 재능도 세상에 흘러보내지 않으면 썩는 것처럼 몸에 쌓인 노폐물을 단식하고 물로 씻어 내니 생동감이 있는 것 같았다.

그는 단식을 거듭하면서 예감, 교감이랄까. 눈에 보이지 않는 실체 말고 어떤 신비스런 힘을 많이 경험할 수 있었다.

전조랄까, 미사를 보는 꿈을 꾼 다음 날인 어느 일요일이었다. 회사 직원의 부친이 사망했다는 소식을 듣고 연락 끝에 그와 동갑

내기인 성 과장과 거제로 문상을 갔다.

성 과장은 한 마디로 불같은 성격이다. 회사 앞에서 차 주차문 제로 다툼이 있을 때 소매를 걷어붙이고 심줄이 굵게 보이고 문신을 새긴 우람한 팔뚝을 자랑삼아 보이며 손에 삽을 들고 뛰어나가 상대를 내리치려 할 정도로 다혈질이었다. 한때 집에서 가출하여 부모의 속을 숯처럼 태워가며 말썽을 부린 적이 많았지만 천주교 신앙을 가지고부터 마음을 가다듬고 직장 생활을 열심히 하고 있다. 성 과장과 거제 지세포 성당 앞을 지나게 되었는데 신앙심이 깊은 성 과장이 미사 시간이니 미사를 드리자고 하여 성당 주차장으로 차를 몰았다.

지세포 성당은 붉은 벽돌로 지은 아담하고 예쁜 성당이었다. 화단에는 앙증맞은 코스모스가 그를 반기었다. 그는 지세포 성당 마당에 차를 세우고 성당으로 들어가 미사를 보았다. 미사를 보고 앉은 자리에 햇빛이 무지개 띠를 두르듯 들어왔다. 햇볕이 미세한 먼지를 비추자 들어오는 공간이며 앉아 있는 자리가 전날 밤 꿈에서 본 그 분위기 그 자리였다. 그는 꿈과 일치되는 자리에서 미사를 보는 내내 강한 떨림이 왔다.

또 한번은 회사 동료 직원의 모친 별세로 구암 성당의 장례 미사에 참석하게 되었다. 구암 성당은 1986년에 처음 지었는데 구암 성당을 짓기 위하여 장모님이 계를 모아 일억이란 성금을 기탁

한 성당이었다. 고상을 보는 순간마다 머리끝에서 발끝까지 걷잡을 수 없는 전율이 물결쳤다. 너를 사람이 되도록 인도한 집에 무심하느냐? 부모가 자식을 나무라는 것 같은 강한 떨림이었다. 교감이랄까, 믿음생활은 오묘하여 의심의 색상이 있으면 오지 않지만 의심의 색상을 지우면 오는 경험도 있었다.

충북 음성 꽃동네로 은혜의 기도에 참석하러 갔을 때였다. 주위에서는 방언을 하는 사람, 울고불고하는 사람 등 기적을 받아들이는 사람들이 많았다. 정말 기적일까 하는 의심의 색상이 있는 그에게는 아무런 현상도 오지 않았다.

얼마 안 있어 월남 성당에서 치유의 은사가 있을 때였다. 몇 번 단식을 하면서 인간에게는 제1의 실체 말고 눈에 안 보이는 제2의 실체가 있다는 것을 믿으며 치유의 은사에 참석하였다. 치유 은사를 하는 신부님의 주문을 따라 하니 심한 구토가 일어났다. 이 구토는 집에 와서도 그치지 않고 오랫동안 계속되었다. 골병 든 위장병이어서 치유는 되지 않았지만 기적이 있다는 것을 그때 경험했다. 그는 백지 같은 마음이 있어야 기적이 오는 것을 보고 어느 종교를 떠나 마음을 비우며 기적의 꽃을 피운다는 사실을 알았다.

그는 나무들이 울창한 숲 속에 있는 기도원을 보았다. 기도원은 두꺼비처럼 맑은 물이 흐르는 암석 옆에 앉아 있었다. 도시와 가까운 골 깊은 골짜기에 개울물이 풍부하게 흐르는 물 맑고 공기 좋은 곳에 있었다. 그가 단식원을 꿈꾸고 있는 그러한 장소이기도 했다.

그에게 단식 지도와 보급은 그가 받은 세상의 빛을 세상에 되돌려 주는 것이었다. 그것은 신의 계시이고, 삶의 보람이었다. 그는 난치병으로 어둠 속에서 허우적이는 사람에게 단식이란 빛나는 아름다운 삶의 축제를 알려야 했다.

그는 청소년의 단식하는 과정을 보았다. 한참 성장기에 있는 청소년일수록 단식의 과정은 더욱 고통스러웠다. 단식을 시작하면서 배고픔과 기운이 모두 소진된 고통을 이기지 못해 쓰러져 잠만 잤다. 며칠이 지나고 머리가 맑아지자 잠이 오지 않을 때는 산책과 책을 읽으면서 시간을 보내었다. 청소년 단식은 기아와 철야 독서, 음식의 유혹을 인내해야 하는 등 고통을 가질 기회가 없는 현대인에게 진정 인간이라면 알아야 할 가치와 어려움을 알게 해주었다. 보식을 하는 과정에서는 다른 생명의 희생으로 생명이 살아가는 것을 느끼고 생명의 소중함을 깨달을 수 있게 해주었다.

그는 공해, 독의 육식과 인스턴트 식품의 과용으로 욱하는 '저혈당증 증세'와 일시적 충동을 참지 못하는 '충동조절 장애'는 단식을 하면서 자연식과 채식을 하는 보식과정에서 정서적인 성격으로 바뀌게 되고, 생명의 소중함과 존귀함을 느낄 수 있으니, 사회 폭력, 자살예방에 아주 효과적인 과정이 단식수련 과정이라고 확신한다. 그는 뜻이 있으면 길이 열리게 되어 있고, 하늘의 문을 간절하게 두드리면 열린다고 믿고 있었다.

그는 무학산의 신선처럼 맑은 골짜기에서 단식지도를 하고 싶은 마음이 간절했다. 그는 숲이 드리워진 하늘을 올려야 보았다. 눈부신 하늘에서 학 한 마리가 내려오면서 그의 가슴속으로 날아드는 것 같았다.

내일은 해가 뜬다

1997년 11월에 불어온 IMF 태풍은 무서웠다. IMF 태풍은 영세업체들의 간판을 흔들고 서민들의 마음을 우울하게 하였다. 중키에 알맞게 살이 붙은 둥근 얼굴에 짧은 머리를 한 영보는 배송차를 몰고 IMF로 건물이 거품처럼 서 있는 신도시 창원으로 들어가고 있었다. 작은 키에 마른 편인 기섭은 조수석에 앉아 오늘 돌아야 하는 거래처 티켓을 정리하고 있었다. 상품 운반으로 다져진 몸이 탄탄하게 보이는 기섭은 가느다란 손으로 납품 티켓을 넘기면서 영보를 보며 말했다.

"형님! 아무리 IMF라지만 사장이 해도 너무하다는 생각이 안 듭니까? 감원을 했으면 되었지 30% 감봉이라니 말이 됩니까? 큰 기업이야 우리 두 배 이상 월급을 받으니까 감원이나 감봉이 있다

하더라도, 우리야 한 가족밖에 되지 않는 식구로 기본적인 생활도 할 수 없는 월급인데, 큰 기업을 따라 장에 가면 될 일입니까?"

영보는 기섭의 말에 조용한 눈으로 말 대신 고개를 끄덕였다. 거리에는 황갈색 나뭇잎들이 새처럼 날아다녔다. 영보는 평소 말이 없던 기섭이가 그렇지 않아도 낮은 급여에 감봉을 받은데 대한 불만이 이해가 가서 월급을 얼마 받는지 물어보았다. 기섭은 가슴에 비참함의 물결이 일어나는 어눌한 말로 칠십만 원이라며 넣던 적금도 못 넣고 있다고 했다. 기섭은 한 집안의 가장으로 집세와 교통비 이십만 원을 제하면 오십만 원으로, 여동생과 생활해야 하니 걱정이 되는 모양이었다. 입사한 지 얼마나 되는지 물으니, 기섭은 십 년째라고 힘없이 말했다. 영보는 긴 머리에 작업복이 헐렁한 기섭을 보았다. 검은 눈썹에 계란형 동안으로 곱상하게 생긴 편이지만 동체가 약해 보였다.

사회란 대개가 순응적인 사람보다 약삭빠르고 눈치껏 일하며 이론적으로 말을 잘하는 사람 편에 서 있다 보니, 감봉 당한 기섭의 급여가 너무 적다는 생각이 들었다.

"그래, 적기는 적구나. 십 년이면 연공서열을 생각하면 과장 대우는 받아야 하는데, 그런 기본이나 원칙이 없이 사장이 정하는 것이 기본이니, 오랫동안 일한 사람이 손해를 보는 것 같네. 그렇지 않아도 적은 급여에 감봉까지 당하여 칠십만 원이라니 해도 너무한 것 같구나."

　기섭은 정리한 티켓을 사물함에 챙겨 넣고 구부린 허리를 폈다. 의자를 편안한 자세로 고치고 안전벨트를 맸다. 몇 번 말하려다 말고 안전띠 벨트 잠금 장치를 더듬으며 잠그고는 의자 등받이에 기대는 것을 보아 할 말이 많은 것 같았다. 두 팔로 의자를 짚고 앉아 있던 등받이에서 몸을 떼면서 영보를 보며 볼멘 말을 뱉었다.

　"형님! 회사가 적자가 많이 나고 어려우면 직원들도 이해하겠지만, 사장은 상당한 재력가이니 감봉을 하지 않아도 되지 않습니까. 지금은 IMF 전보다 매출이 늘었는데도, 감원에다 감봉으로 급여는 반으로 줄었으니 그만큼 회사가 이익이고 노동을 착취하는 것 아닙니까? 부자는 더 부자가 되고 가난한 자는 더 가난해지게 되었으니, 죽을 사람은 죽으라는 거와 같이 뭐가 다릅니까? 불과 1년 전만 하더라도 일할 사람이 없어 애를 먹었는데…. 지금은 일자리가 없다 보니 꼼짝 마라입니다."

　기섭은 이어 말했다.

　"형님! IMF 전만 해도 '종업원은 황제고 고객은 왕이다.'라고 했습니다. 그것은 무거운 상품을 만지는 3D업체인데 복지 시설도 전혀 없고, 급여가 박해서 6개월을 넘기는 기사가 없어서 나온 말입니다. 기사 구하기가 힘들고 사람이 없어 직원을 많이 썼습니다. IMF라고 감원당한 나이 드신 분들이 어려울 때 그만두라 하면 죽으라 하는 것이니, 제발 일을 할 수 있도록 해 달라고 두 손으로 싹싹 빌었습니다. 그렇다고 무슨 소용 있습니까? 사장님 말대로 자기 식구라 생각한다면 그럴 수 있겠습니까?"

영보가 운전하는 지류를 가득 실은 트럭은 산업도로에 들어섰다. 이십년 전만 해도 논밭 천지이던 하천가에는 개나리들이 앙상하게 늘어서 있었다. IMF를 맞은 공단의 건물들이 을씨년스럽게 서 있었다. 자동차 매연으로 검게 그을린 벚나무 사이로 한 자락의 바람이 지나가자 나뭇잎이 힘없이 떨어졌다.

영보는 기섭이처럼 열심히 일하는 사람이 대우를 받는 회사가 되려면, 전 종업원이 주주가 되어 이익을 공유할 수 있어야 한다고 생각했다. 영보는 평소에 조용하던 기섭이가 거칠게 달리는 자동차처럼 화가 나 하는 말을 듣고 위로해 주었다.

"그래봐야 고양이 앞에 쥐 아니냐. 불만이 있으면 가벼운 중이 떠나야지 절이 떠날 수 있겠나. 능력이 있으면 대기업에 갔겠지. 너나 나나 능력이 없어 이런 소기업에서 일하는 게 아닌가."

기섭도 직장을 옮기기가 쉽지 않다는 것을 모르는 것도 아니었다. 사장이 소년 가장인 기섭이가 몸이 약하다고 한약을 지어 준 적도 있었다. 그렇지만 기섭은 재력 있는 사장이 해도 너무하다는 생각은 지울 수 없는 모양이었다.

"형님! 그래도 생각할수록 자꾸 화가 납니다. 십 년 근속인데 칠십만 원이 뭡니까? 이제는 정말 일할 의욕도 없습니다. 계모임에 가면 친구들 월급의 반도 안 되어 기가 죽었는데, 친구들 회사는 감봉이 없고 저만 감봉 당했습니다. 이게 말이 됩니까? 어떻게 그만두고 살아가는 방법이 없을까 생각뿐입니다. 어디에 가도 이 정도 급여는 받을 수 있지 않겠습니까?"

기섭은 옮길 수 있는 직장이 있다면 당장이라도 옮길 듯이 말했다. 기섭이가 화를 내는 것은 다른 곳으로 갈 수 있는 능력이 없는 자신에게 하는 말이기도 했다. 영보는 이러한 기섭의 마음을 다독여 주고 싶어 물어보았다.

"너는 다른 곳으로 가기는 어렵지 않나. 머리를 좀 다쳤다고 하지 않았어?"

기섭은 울적한 표정을 지으며 말했다.

"예. 1979년 주디호 태풍 때 산사태로 좀 다쳤습니다. 아버지는 그때 태풍에 집이 강으로 떠내려가 생활을 걱정하다가 간암으로 운명하였습니다. 어머니는 가정을 꾸려나갈 수 없다고, 부득이 당시 고등학교 2학년인 저와 여동생을 남겨두고 개가를 했지 않습니까?"

"그럼 기섭이 어머니는 계시구나?"

"예. 서울에서 살고 있습니다. 가끔 전화 통화는 합니다."

영보는 기섭을 소년 가장으로 만든 원인을 제공한 태풍이 무섭기도 했지만, 지금은 IMF 태풍이 더 무섭다고 생각했다. 영보는 낡은 작업복 오른쪽 호주머니에서 담배 한 개비를 꺼내어 물었다. 핸들 옆 시가 코일에 열을 가하여 담배에 불을 붙였다. 담배 한 모금을 힘껏 빨아들이고 후– 하고 내뱉었다. 창문을 열고는 하얗게 흩어지는 담배 연기를 바라보면서 레저용품 도매업할 때를 생각했다.

영보는 월남전이 있던 1970년 국민소득 육천이백 불에서, 1978년은 중동진출로 국민소득 만 불을 넘어, 88올림픽 후 국민 소득 이만 불 시대라고, 레저 붐을 예상하고 레저용품 판매업을 시작했다. 예상이 맞았다. 거래처도 많이 늘어나고 사업을 확장할 무렵인 1997년에 IMF를 맞게 되었다. 사업상 자금을 끌어들이기 위해 맞보증을 한 업체에서 부도를 내었다. 영보는 부도가 날 정도는 아니었지만 연쇄부도에 휩싸였다. 사업체는 문을 닫게 되었고, 그의 자녀가 책상에 앉아 공부를 할 때 집달관과 채권자가 가재도구를 압류한다고 문을 열고 들어오는 것을 보고 뒤로 넘어질 뻔했던 일이 있었다. 그때 넘어진 사람도 밟고 지나가는 사회에 대한 실망과 충격은 이루 말할 수 없었다.

영보는 무작정 배낭을 메고 집을 나왔다. 강원도 청석산 등산을 위해 들어선 산골짜기에는 많은 사람들이 웃음 띤 얼굴로 삼삼오오 다니고 있었다. 자신만이 인생의 실패자가 된 것 같아 너무도 서글펐다. 산 정상이 가까워지자 사람들의 발길이 뜸해졌다. 정상의 바위에서 아찔한 절벽을 보았다. 다리가 후들거렸다. 여기에서 떨어져 죽으면 IMF의 각박한 세상과는 만날 일이 없을 것이라는 생각이 들자 뛰어내리고 싶었다. 그러면 모든 것이 끝나는 것이 아닌가. 자신이 죽었다고 생각하고 바위에 누워보았다. 구름이 흘러가는 맑은 하늘을 보았다. 순간 다리가 성치 않은 아내와 아들 순철이, 딸 영아가 눈에 어른거렸다. '그래, 검은 구름이 있는 생활이 지나가면 맑은 하늘을 보는 날도 있는 것이다. 죽을 용기가 있을 바에야 무슨 일이든 못하겠나.' 하고 생각하며 다시 일어서리라 이를 악 물었다. "똥밭에 굴러도 이승이 낫다."는 말이 있지 않은가. 영보는 죽을 생각을 접고 가족이 있는 집으로 내려왔다.

밤 12시가 가까운 시간에 어두움을 타고 걸었다. 낡은 슬레이트 지붕의 주택이 줄지어 서 있는 길이었다. 어둠이 삼켜버린 골목에는 허리 굽은 부연 가로등만 부엉이 눈같이 내려다보고 있었다. 영보는 취기가 있는 터라 "내일은 해가 뜬다, 내일은 해가 뜬다." 노래를 부르며 골목길을 올랐다. 멀리 집 앞에서 불빛이 비치는 창문을 보았다. 불빛은 따뜻했다. 가족이 있는 집이란 어머니의 자궁같이 포근하였다. 영보는 아내를 불렀다. 아내는 아직 자지 않았는지 한걸음에 달려 나왔다. 아내는 영보를 보자 "여보! 어디 갔다 왔어요? 그동안 얼마나 걱정한 줄 알아요? 밥은 제때 챙겨 먹었어요? 아유! 이 몰골 좀 봐. 얼른 씻고 옷부터 갈아입으세요." 하고 한꺼번에 여러 말을 쏟아내었다. 아내는 영보의 팔짱을 끼고 방으로 들어갔다.

영보는 장롱 옆 옷걸이에 윗도리를 벗어 걸었다. 옷걸이에는 양복이며 추리닝이 걸려 있었다. 바닥의 다리미 받침 위에 다리미가 선 채로 있었다. 양말들이 널려 있는 것 등 달라진 것이 아무것도 없었다. 아내는 영보가 벗어주는 낡은 모자를 받아 옷걸이의 빈 곳에 걸었다. 영보는 잠시 후 세면을 하고 곤히 잠든 아이들의 머리를 쓰다듬었다. 아이들을 보면서 찡한 물결이 밀려오는 행복을 느꼈다. 그래, 사랑하는 이 아이들을 위해서 내 한 몸이 가루가 되더라도 밝은 빛이 되도록 해야 한다는 생각이 들면서 눈물이 핑 돌았다.

영보는 어차피 죽으리라 생각한 몸이었다. 가족의 행복을 위해 죽을 각오로 일했다. 길거리 장사며 건설 현장의 품팔이, 밤 시간엔 알바 등 몇 가지 일을 하여도 생활이 힘들었다. 가족의 안정된 생활에는 직장이란 울타리가 얼마나 중요한지도 알았다. 그러나 사십을 바라보는 나이에 들어갈 곳이 없었다. 직장에 들어가려 전전긍

궁하는데 회계사 사무실을 운영하는 선배에게서 전화가 왔다.

"집안 형님이 하는 사업체인데 네 사정을 이야기했더니 사장이 요긴한 자리에 쓸 수 있겠다며 오라 하니까, 같이 가자!" 하였다. 그리고 "사장은 자식도 없고 나이가 많은데다가 이제 몸도 좋지 않아서 회사를 넘기려고 생각하니 너만 거기서 열심히 잘하면 회사 경영을 맡게 될지 모른다."

선배 덕에 지금의 회사에 취직하게 되었다. 직장생활 할 곳이 있다는 것이 기쁨이었던 영보는 사무를 보면서 차를 몰며 배송까지 하게 되었다. 그때 거래처를 잘 아는 기섭과 한 조가 되었다.

기섭은 야윈 체구에 동작이 좀 뜬 편이지만 무거운 물건을 드는 일이 힘들다고 한 적이 없었다. 일을 하는데 "No."라는 말을 들어본 적이 없었다. 직원들의 어려운 부탁은 기섭이 몫이었다. 남들이 기피하는 일도 소처럼 말없이 일을 했다. 영보는 (주)대성이 오늘이 있기까지는 기섭이 같은 일꾼이 있었기 때문이라고 생각하였다. 기섭은 소년 가장으로 열 살 위인 영보에게 "형님, 형님" 하면서 가정 일도 의논하며 따랐다.

영보는 끝이 뭉툭한 손가락으로 잡은 담배를 입에 물고 힘껏 빨아들이고 내뱉었다. 가슴을 막고 있던 답답한 심사가 허공에 흩어지는 것 같았다. 담배 연기는 진한 냄새를 남기며 구름처럼 흩어져 갔다.

요즘 직원들은 모두 IMF로 마음이 허해져 있었다. 감봉당한 직원들은 하루 일과를 마치면 회사 옆 포장마차에 모였다. 감원은 당하지 않았지만, 사장에 대한 불만을 욕설로 대신하고, 미래에 대한 불안감을 술로써 달랬다. 불만과 불안의 안주가 그렇게 술을 당기게 하는지 직원들은 매일 저녁 술이었다. 기섭이나 직원들은 사장의 입장을 몰랐다. 그저 돈이 있는 사람이 감봉을 한 데 대하여 불만만 토로할 뿐이었다. 사업주가 자금이 어려워 매일 칼날 위를 걷는 심정으로 지낸다는 것을 알 수 없었다. 영보는 그런 체험을 하였고, 자금에 시달리고 있는 사장을 모시고 있었다. 영보는 면접을 볼 때 사장이 작심한 것처럼 말했다.

"내 나이도 있고 몸도 아프고 하니 이 자리에서 일해야 한다."

사장은 처음 대하는 사람인데도 자상하게 상대의 마음을 편안하게 해 주었다. 옛날에 태어났다면 장수가 될 만한 185센티의 키에 큰 몸집으로 원만한 성격을 가진 좋은 분이라 생각하였지만 IMF앞에서는 속수무책이었다. 사업은 잘못되면 죽음을 생각할 정도로 최악까지 이를 수 있다. 월급쟁이는 그나마 자신의 전 재산을 한 방에 날리는 일은 없지 않은가?

영보는 십 대에 들어와서 다른 직장 생활의 경험이 없는 기섭에게 직장에 대해 이야기해 주어야겠다고 생각했다.

"기섭아, 너에게는 대성이 사회에 나와 가진 첫 직장이지."

"예, 형님. 고등학교 2학년을 마치고 바로 들어왔습니다."

"그렇구나. 그렇다면 다른 직장생활에 대해 잘 모르겠구나."

영보는 기섭에게 고생하는 직장일수록 미래의 인생설계에 도움이 된다고 말해 주었다.

"기섭아, 안락한 생활은 정신력을 약하게 하지만 역경은 정신을 강하게 만드는 거야. 기섭이는 비록 노동은 하지만 단단하게 다져진 몸이 돈보다 큰 재산이다. 어느 곳에서 어떤 일을 하든 모두 자기가 하기 나름이다. 대기업에 있으면서 그 자리에서 안주하는 것보다 중소기업에서 장래를 걱정하다 보면 자기 개발을 위해 많은 노력을 한다. 그러다 보면 자기 스스로 길을 개척할 수 있는 힘을 기를 수 있는 것이다. 전화위복의 기회로 생각하며 나름대로 일할 맛이 있는 거야."

기섭은 영보가 달래는 말을 듣고 언제 화를 내었냐는 듯이 담배 연기에 빨리듯 말했다.

"형님 말씀이 맞습니다."

영보는 담배연기가 차창으로 꼬리를 감추는 것을 보며 멍한 시선을 창밖으로 던졌다. 바람이 먼 산에 있던 검은 구름들을 몰고 왔다. 차창에 두세 방울 빗방울이 떨어졌다. 기섭은 차창에 떨어지는 빗방울을 보고는 영보에게 말했다.

"형님! 차를 세워 보세요."

영보가 "무슨 일인데?" 하고 묻는 말에 기섭은 말했다.

"비가 올 것 같은데 천막을 덮고 갑시다."

영보도 그래야 되겠다는 생각이 들어 비상 깜박이를 넣고 도로 변에 차를 세웠다. 기섭은 어느새 화물 위에 올라갔다.

"형님, 천막 끝을 잡아서 걸고 다시 던져 주세요."

기섭은 화물을 덮고 있는 천막의 고무 끈을 영보 쪽으로 던져 주었다. 영보는 기섭이가 던져 주는 천막을 잡고 끝자락에 있는 고무 끈을 잡아 짐칸에 있는 고리에 매달았다. 기섭은 차머리에 있는 상품부터 천막으로 감싸며 영보에게 고무 끈을 고리마다 매도록 하고 짐칸에서 내려왔다. 기섭은 비가 새어 들어올 곳이 없는지 꼼꼼히 다시 확인하였다.

"형님, 이제 되었습니다. 갑시다."

영보는 기섭이가 오랜 경험에서 우러나오는 직업적 습관인 줄은 몰라도 야무진 면을 보았다. 영보는 먼저 차 위에 올라앉았다. 핸들을 고쳐 잡고 차 시동을 걸고 시선을 거리에 뿌렸다. 센텔 공장이 있는 도로 변에 잘 정리된 녹지의 가로수에서 나뭇잎들이 떨어지고 있었다. 거리에는 낙엽들이 갈 길 몰라 방황하듯 몰려다녔다. 영보는 낙엽을 낚싯줄에 걸린 물고기 같다는 생각을 한다. 낙엽이 그렇게 어디로 가는지 누구도 알 수 없었다. 신만이 알고 있을 것이다. 사람의 길도 낙엽과 같을 것이다. 기섭이 차에 올라와 옆자리에 앉는 것을 보며 생각의 시선을 잠시 내려놓고 넌지시 물어보았다.

"기섭아! 너 방금까지 월급이 적다고 불만을 털어놓더니 상품이 젖을 걱정은 왜 하냐?"

기섭은 담담한 표정으로 자리에서 미끄러져 있는 방석을 오른손으로 잡고 고쳐 앉으며 말하였다.

"형님, 그래도 내가 회사에 녹을 먹는 한 회사의 재산을 지켜야되지 않겠습니까?"

"너, 정신 상태 하나 좋구나."

"상품이 종이라 비를 맞으면 안 됩니다. 내가 물품을 아끼면 집안 살림을 아끼는 거와 같은 것 아니겠습니까?"

기섭이 말은 옳은 말이었다. 국민 개개인이 맡은 일에 책임을 다할 때 국가가 비로소 성장할 수 있다. 영보는 기섭이 직업 정신이 투철하다고 생각했다. 영보는 줄곧 달려오는 차들을 보며 좌회전 깜빡이를 넣고, 천천히 차를 몰면서 잘 정비된 화단이 있는 길을 빠져나와 시내 쪽으로 차를 몰았다. 낙엽들은 달리는 차들의 꽁무니를 따라 나비처럼 날아다녔다.

"기섭아! 세상은 살아 있는 한 어떤 일이든 못 할 일이 없단다. 죽으면 한 잎 낙엽보다 못하니 살아 있는 한 부지런히 움직여야 하는 거야. 욕심이 덕지덕지 붙은 얼굴은 벌레 먹어 죽은 나뭇잎처럼 추한 거야. 없어도 자신을 불태우며 사는 사람은 단풍처럼 아름다운 거야. 사장을 봐라. 돈이 많지만 건강을 잃어 항상 미간을 펴지 못하고 살지 않으냐? '천석꾼은 천 가지 걱정이 있고, 만석꾼은 만 가지 걱정이 있다.'고. 다 욕심 때문이다. 아홉 개를 가지면 열 개를 가지려는 욕심, 그 욕심이 사람을 살아가게 하는 의욕을 가지게 만들기도 하겠지만, 과욕은 사람을 병들게도 하거든. 없으면 포기하는 게 많으니 오히려 편안할 경우도 많은 거야. 과한 욕심은 나이가 많아지면 짐이 되는 가재도구 같은 거겠지. 기섭아! 어떤 사람이 행복하게 산다 할 수 없어. 행복은 개인적이기 때문이야. 세계에서 국민 소득이 가장 낮은 스리랑카 국민의 행복 지수가 가장 높다고 하지 않으냐. 결국 인간이 추구하는 행복이란 물질의 순이 아니라는 것이지."

통하는 사람끼리 하는 이야기는 말하는 즐거움과 듣는 즐거움도 있는 것이다. 조용하게 듣고 있던 기섭은 기분이 좀 가라앉은 목소리로 말했다.

"그렇지만 형님! 돈이 없으면 인간의 기본 생활도 못하고, 당장 아쉽고 걱정이 되지 않습니까? 살아가는 한 사람에게는 돈이 있어야 하거든요. 옛말에 '돈이면 귀신도 움직인다.' 하지 않습니까? 그래서 모두 돈을 벌려고 혈안이 되어 있는 것이 아닙니까? 그렇지만 형님! 물질은 사용해야 되는 것이지 갖고 있기만 하면 안됩니다. 한 사람이 꼭 움켜쥐고 있으면 경제 윤리에 위배되는 것 아닙니까? 내가 다 먹을 수 없는 음식을 남 주기 아까우니까 썩혀서 버리는 거와 같은 것 아닙니까? 돈이란 인체의 혈처럼 돌아야 되니까요. 필요한 만큼 가지고 나머지는 사회에 베푼다면 아름답고 살기 좋은 세상이 되지 않겠습니까?"

사람이란 나름대로 개성과 상상의 날개를 펼 수 있는 능력을 타고 났다. 좀 얼뜨기같이 보이는 사람도 진지하게 이야기를 해보면 그 내면에는 놀라운 세계가 있는 것이다. 그 잠재되어 있는 능력은 겉으로 보아서는 알 수가 없다. 사람은 누구나 지식과 정보를 축척할 수 있는 능력이 있다는 것을 새삼 깨달았다. 차이가 나는 것은 열정과 노력일 뿐이다. 영보는 좀전의 표정과는 달리 활발하게 이야기하는 기섭을 보며 말했다.

"그래 맞다. 돈은 벌되 어떻게 사용하느냐가 문제이다. 돈은 개처럼 벌고 정승처럼 쓰라고 했다. 열심히 모으되 인간답게 써야 한다. 사회복지를 위한 후원이나 불우 이웃을 돕는데 쓴다든지, 문화 사업에 기탁하는 것은 아름답게 쓰여지겠지만, 돈으로 검사, 판사를 회유하려 한다면 추하게 쓰여지는 거야. 인간은 생각을 기록하고 교육하는 지능이 있어 공룡보다 오래 지구에 생존하였고, 먹이 사슬에서 제일 위에 있는 거야. 사람은 물질보다 혼이 있어야 되는 거야. 낙엽이 썩어서 다른 생명을 살리는 거름이 되는 것처럼, 돈을 모았다 해도 다른 생명을 위해 거름이 되는 것이 중요한 거야. 베풀며 그만큼 돌려주는 것이 자연의 이치이거든.”

차는 산업도로를 빠져나와 창원 병원을 지나 공단 관리청 앞 신호등에서 좌회전 깜빡이를 넣고 중앙로로 들어갔다. 도청 앞으로 십차선 도로가 곧게 뻗어 있는 도로 변에는 좌측에는 창원 호텔과 어느 통 큰 여사장이 투기를 하면서 지었다는 캔버라 십팔 층 건물이 우뚝 서 있었다. 우측에는 삼성생명 빌딩과 (주)대동 빌딩이 어깨를 나란히 하고 쌍둥이 빌딩처럼 서 있었다.

“기섭아, 너는 몸으로 사회를 위해 베푸는 것이니까, 몇 년 또는 몇십 년 후 사회에서 노력한 만큼 받게 되어 있어. 그러니 너무 억울하게 생각할 필요가 없는 거다. ‘돈을 아끼면 부자가 되고 말을 아끼면 성인이 된다.’ 했다. 적은 돈이지만 아껴 쓰면 되는 것이다. 너는 가난하게 살 관상이 아니니 먹고 사는 데는 걱정이 없을 것이야.”

기섭은 차창 밖을 주시하고 손을 의자에 대고 앉아 있다가, 영보를 돌아보며 아주 친근감이 가는 표정으로 말했다.

“형님, 그렇게 보입니까? 형님한테는 배울 것이 많습니다. 이 회사에 들어와서 생활고에 시달리지만, 얻은 것이 있다면 형님이 말해 주는 것입니다. 살다 보면 운이 쫙 하니 필 날이 있지 않겠습니까?"

"그래, 너는 그렇게 될 거야."

"그렇지만 형님! 30% 감봉되어 혼자 몸으로 있는 저도 힘이 드는데, 형님은 식솔을 거느리고 더 힘드시겠습니다."

"총각이 늙은이 같은 소리를 하는구나!"

"안 그래도 친구들이 속늙은이라고 합니다."

영보는 안타까운 듯이 긴 숨을 쉬었다. 거리는 헐벗은 나무들만 앙상한 팔을 벌리고 있었다. 찬바람이 휑하게 불어오는 거리에 날리는 낙엽을 보고, 영보는 IMF시대에 살고 있는 사람들의 마음은 모두 저 낙엽 같을 것이라는 생각을 한다. 기섭이가 회사를 생각하는 마음을 사장이 알아야 하는데, 묵묵히 소처럼 일하는 사람은 그저 소이거니 생각하는 것이 못내 아쉬웠다. 회사의 기둥 역할을 하는 것은 기섭이 같은 사람이며, 기업은 사회적 기업이 되어야 한다고 생각하는 사이 납품처에 도착하였다.

영보는 풍기상사에서 상품 입고를 끝마치고 박 사장에게로 갔다. 얼굴이 큼직하고 목이 짧아 그런지 목소리 톤이 컬컬한 박 사장은 영보가 가면 이런저런 이야기를 많이 해준다. 요즘 일요일만 되면 마음수양을 할 겸 절에 다니면서 붓글씨도 배우러 다닌다는 박 사장은, 반백의 머리칼을 쓰다듬으며 플라스틱 의자를 꺼내어 주며 자리에 앉으라고 말했다. 영보는 플라스틱 의자에 앉으면서 한지에 한자로 써놓은 '家和萬事成' 붓글씨를 보았다. 붓글씨를 배운 적이 있는 영보였다. "사장님 상당히 잘 쓰는 붓글씨입니다."

"뭐 잘 쓰기는, 붓글씨를 시작한 지 얼마 되지 않는데." 박 사장은 쉰 듯한 굵은 목소리로 멋쩍은 미소를 띠었다. 박 사장은 손에 들고 있던 붓펜을 종이 위에 놓고는 의자를 당겨 영보 가까이로 다가와 앉았다.

"김 부장, 요즘 어때? 보다시피 우리는 장사가 통 안 되네. 개미 한 마리도 보이지 않아 걱정이야."

영보는 박 사장이 묻는 말에 대성의 입장을 이야기해 주었다.

"사장님, 우리도 마찬가집니다. 장사도 되지 않는데, 메이커에서는 외상이 조금이라도 있으면 주문을 받지 않고, 즉시 현금을 내라 하니 우리는 결제해야 할 것이 적은 금액이 아니니 더 힘듭니다."

"하기야 우리가 이렇게 힘든데 큰 곳은 더 힘들겠지."

박 사장은 이해가 간다는 듯이 고개를 끄덕였다.

영보는 거래처를 이해하려고 하지만 그럴 수는 없었다. 박 사장에게 좀 미안한 생각이 들었지만 결제 이야기를 하지 않을 수가 없었다.

"사장님, 오늘 현금이 되면 결제 좀 해 주시지요."

이야기를 하다 현금 결제라는 말이 나오자 사람 좋게 보이던 박 사장은 상기된 얼굴에 두툼한 눈을 찌푸리며 언성을 높였다.

"아니, 김 부장, 월말 결제를 하면 현금 결제나 마찬가지이지, 월말도 안 되었는데 자꾸 결제 이야기를 하면 어떻게 해? 월말에 송금해 주겠네."

박 사장은 (주)대성의 김 사장과 나이가 비슷하고 친구처럼 터놓는 사이였다. 영보가 현금결제가 되지 않으면 물품 공급이 어렵다고 말하기 곤란한 표정을 짓자 박 사장이 다시 말했다.

"아니 김 부장, 20년 동안 대성 물건을 팔아 주었으며 한 달 정도 거저 주어도 될 텐데 한 달을 못 기다리나? 그동안 많이 벌었으면 어려울 때 거래처를 도와주지 못할망정 더 쪼아대니, 이래 가지고 거래를 하겠나? 우리가 죽으면 대성도 죽는 게 아닌가. 결국 같이 공생공영하는 사이가 아닌가. 어려울 때일수록 사람들이 도아야지 오히려 부자가 더 설치니 원! 김 사장이 수금이 안되었다고 무슨 말을 하거든 월말이 되면 바로 송금시켜 주겠다고 해주게."

영보는 수금이 잘 되지 않아 걱정됐다. 또 회사에서 무슨 소리를 들을지 모른다. 그러나 거래처에서 하는 말은 육하원칙으로 맞는 이야기이다. 영보 생각도 마찬가지였다. 거래처가 살아야 대성도 사는 것이다. 거래처가 있기에 대성이 있고, 자신이 이

회사에 근무를 할 수 있는 것도 거래처가 있는 덕이 아니겠는가. 그런 생각에 미치자 영보는 더 이상 수금 이야기를 할 수가 없었다.

영보가 배송을 끝내고 사무실에서 장부를 정리하자니, 밤 10시가 넘었다. 김 사장도 중요한 일이 있는지 아직 퇴근을 하지 않고 책상에 앉아 있었다. 김 사장은 서류를 정리하고 있는 영보 곁으로 와서 수금 리스트를 한 번 보자고 하였다. 김 사장은 영보가 정리한 수금 리스트를 보고 수금이 안 되어 걱정이라고 하였다.

"어음은 하루를 걸러 돌아오고, 메이커에서 현금이 아니면 물품 공급을 못하겠다고 하니, 수금이 안 되면 자동 부도가 나는 거네, 어음이 돌아올 때마다 피가 거꾸로 돌아가는 느낌이라네. 자금에 신경을 쓰니 몸이 점점 아파서 자리에서 일어설 힘도 없네. 현금을 받지 않고 물품 공급을 한다면 우리는 더 이상 버티기 힘드네."

영보는 김 사장의 걱정을 모르는 바는 아니지만 거래처의 어려운 상황을 말해 주었다.

"사장님, 거래처는 IMF로 신경이 예민한 상태이니, 수금이 안 된다고 물건을 공급하지 않을 수 없습니다, 거래처가 있어야 우리 회사도 있는 게 아닙니까? 거래처를 칼로 두부 자르듯이 자를 수가 없지 않습니까? 정우상사 안 사장은 현금이 되지 않으면 물품 공급을 할 수 없다는 말에 배신감을 느끼고 충격 받았다 합니다. 안 사장은 '일 잘하는 월급쟁이를 내일부터 나오지 말라는 말과 같은 말이지, 그러면 아무 대책 없는 월급쟁이나 마찬가지로 죽으라는 말과 같은 것이 아니냐.'면서 야단쳤습니다. 수금도 거래처의 사항에 따라 완급 조정이 필요합니다."

"전에 있던 강 상무가 돈을 빼돌리지 않았다면 이렇게까지는 되지 않았을 텐데…. 기업은 사람이야. 사람 잘못 쓰면 기업은 망하게 되는 거야. 기업은 사람이라는 말을 너무 절감하네. 하루하루 부도를 생각하면서 살아가다 보니 사는 것이 아니라는 생각이 드네. 나는 나이도 있고 사업의 스트레스로 건강도 좋지 않으니, 이참에 자네가 인수하여 경영을 해보게. 사업은 체력이라고, 자네는 젊으니까 잘할 것 같네."

살집이 많은 사장은 잔잔한 눈으로 영보를 바라보았다.

김 사장이 허리를 꾸부정하게 하여 의자 손잡이를 잡고 비틀거리며 겨우 일어서는 것을 보면서 건강이 얼마나 안 좋은지 알 수 있었다. 영보가 경리를 얼마 보지 않았지만 월 자금계획서를 작성해 보면 어음이 하루 걸러 돌아왔다. 윗돌 빼어 아랫돌을 막고 아랫돌 빼어 윗돌을 막듯이, 돌려 막는 형국이었다.

사장은 적지 않은 돈을 계속 넣고 신경을 쓰다 보니 건강상태가 더욱 나빠져 한계에까지 와 있는 것 같았다. 영보는 사장이 부도가 날 것이라고 해도 (주)대성은 거래처도 많고 열심히 하면 분명히 일어설 수 있는 업체라는 생각이 들었다.

맨땅에 헤딩을 하면서 사업을 하다 IMF를 맞아 최악의 경우를 경험하였지만, 이 정도 자리를 잡은 기업이라면 일으켜 세울 수 있는 자신이 있었다. 영보는 "우물쭈물 하다가 내 이럴 줄 알았어."라는 버나드 쇼의 묘지명처럼 기회는 다시 오지 않는 것이라는 것을 잘 알고 있었다. 영보는 김 사장의 말을 받아들이기로 하고, 사장이 끌어들인 돈을 장기적으로 갚기로 하고 (주)대성에 대하여 양도 양수 계약서를 작성하여 기업을 인수하였다.

영보는 토, 일요일 밤낮없이 온몸을 바쳐서 회사에 나와서 일하였다. 특히 기섭은 회사에서 붙어살다시피 하며 영보를 도왔다. 기업은 열정과 노력이었다. 영보는 평소 생각했던 대로 내 회사가 아니라 직원들 회사라는 생각으로 일하였다. 그 덕에 점차 (주)대성은 명실 공히 사회 기업으로서의 분위기로 바뀌어 갔다. 4대 보험 가입과 종업원 지주제 도입 등 직원들에게 급여 중 일부는 주식으로 주기로 하였다. 직원도 회사의 주인이 되었으니 주인의식으로 회사 발전을 위해 더욱 매진하였다.

IMF라지만 경영 상태가 오픈되고 직원들이 회사의 지주로 어려움을 함께 나누는 공감대가 형성되었다. 어떻게 하면 IMF시대를 헤쳐 나갈 것인가 하는 기발한 아이디어들을 내어 놓고는 하였다. 직원들은 회사가 자금이 어려워 몇 번의 부도 위기를 맞은 일을 아는 터라 회사의 어려움을 같이 인식하고 월급의 반은 현금으로 반은 주식으로 받는 데 동의하여 열심히 일하였다. 영보는 회사가 개인 회사가 아니고 종업원 회사이고, 모두가 사장이라는 인식을 심어 주었다.

직원 모두가 한 마음으로 열심히 일한 지 3년차 결산에서는 당기 순이익이 나왔다. 영보는 회사의 이익이 난 부분을 주주인 종업원들에게 현금 배당을 실시하였다. 그때 배당을 받은 직원들의 감동은 이루 말할 수 없었다. 모두 회사에 대한 기대와 희망으로 가득 차 있었다. 회사의 부채를 거의 갚고 자금의 어려움에서 서서히 벗어나게 되었다. 거래처에서 어음으로 결제하던 관행이 현금결제로 바뀌고, 어음 만기일에 부도가 많았던 어음이 줄어들자 오히려 내실 있는 회사로 탈바꿈되었다. 5년이 지나자 (주)대성은 새 건물을 지었고 규모는 2배 이상 커져 있었다. 기업은 변하지 않으면 발전이 없다는 말이 실감이 났다.

목련꽃이 꽃샘추위 속에 봄을 알리며 꽃망울을 터트릴 때였다. 영보가 앉아 있는 사장실에 노크를 하는 사람이 있었다.

"사장님! 기섭입니다."

"그래, 서 부장, 들어와라."

영보는 많은 서류가 꽂혀 있는 책상 위에 놓인 노트북 컴퓨터를 열심히 두드리고 있다가, 문을 열고 들어오는 기섭을 보고 하던 일을 멈추고 의자를 돌려 앉았다.

"그래, 서 부장, 무슨 일이야? 서 부장이 있으니 항상 든든해."

"아닙니다. 사장님이 아껴 주시는 데 비하며 제가 하는 일이 없는 것 같습니다. 사장님이 계시는 한 이 한 몸 아끼지 않겠습니다. 여자는 '자기를 알아주는 사람을 위해 정조를 바치고, 남자는 목숨을 바친다.'는 옛말도 있지 않습니까?"

기섭은 영보 앞에 곧바른 자세로 서서 예전과 다름없이 영보가 아껴 주는데 대한 감사와 존경이 우러나오는 표정을 지으며 말했다.

"녀석은."

기섭이는 무슨 기쁜 일을 알리는 일이 있는 것처럼 가쁘게 숨을 쉬었다. 기섭에게는 기쁨이 가득 넘친 표정을 읽을 수 있었다.

영보는 자리에서 일어나 손으로 소파를 가리키며 기섭에게 앉게 하고 자신도 소파에 옮겨 앉았다. 기섭은 영보가 소파에 앉은 후에야 소파에 앉으며 사장실 벽면에 걸려 있는 달력을 보면서 말했다.

"사장님, 저 드디어 결혼하게 되었습니다."

영보는 생각도 하지 않은 일이라 놀라는 표정이 완연한 얼굴로 전에 들은 적이 있어서 말했다.

"뭐! 정말이냐? 요사이 잘되어 가는 아가씨가 있다는 이야기는 들었지만 네가 결혼을 하게 될 줄은 몰랐다. 누가 먼저 결혼을 하자 했어? 물론 처녀 쪽이겠지."

"예, 그렇습니다. 사실 제가 꼬드긴 거지만 아가씨 쪽에서 데이트 신청이 있었어요. 연애를 한 지 1년정도 됩니다. 제가 결혼할 처지가 못 된다고 했더니, 그녀가 적극적으로 결혼을 하겠다고 했어요. 그녀의 부모님도 결국에 딸의 성화에 못 이겨 승낙했고요. 승낙한 뒤 장인되실 분이 그러시더군요. '잘되었다. 귀한 외동딸인데 사위가 부모가 없으니 아들처럼 데리고 같이 살면 되겠다.'고요."

영보는 언젠가 들은 적이 있었다. 그녀의 아버지는 성질이 불같았으나 신앙심이 깊었고 늦게 본 고명딸에게는 너무나 자상한 아버지라는 것이었다. 슬하에 자식이 없어 기도 끝에 낳은 고명딸이었다. 눈에 넣어도 아프지도 않을 딸 하나에 부부는 모든 애정을 쏟아 부었지만 그녀는 날 때부터 난치병이 있었다. 골수가 정상인보다 부족하여 항상 머리의 통증을 호소해야 했고, 항상 보충적인 약을 투약해야 했다. 나이가 들어 결혼을 걱정할 나이에 나팔관이 작아 아이를 가질 수 없다는 것을 알았다. 그녀가 결혼을 생각할 처지가 못 되어 부모의 걱정은 태산 같았다. 그런 나애리였기에 순하고 착실한 기섭에게 끌린 것이었다.

"그래! 정말 잘되었다. 결혼 날짜는 언제 잡았나?"

"4월 21일 일요일입니다. 사람들이 그 날이 결혼 날짜로 좋다하더군요."

"그래, 축하한다. 8년 전에 비하며 지금 나도 많이 나아지고 자네도 많이 좋아졌어. 상당히 발전했구나. 그래, 결혼까지 하게되었으니 이보다 더 반가운 일이 어디 있겠나. 정말 축하하네!"

기섭의 결혼식 날은 하늘에 구름 한 점 없이 쾌청하였다. 꽃샘바람마저 훈훈하였다. 영보는 기섭의 결혼식을 지켜보았다. 성당에서 하는 혼배성사라 결혼식은 성스럽게 올려졌고 기섭은 자못 진지하였다. 아버지 대신 삼촌이 재가를 한 어머니와 같이 앉아있었고, 장인 장모는 젊고 후덕해 보였다.

영보는 식장에서 면식이 있는 사람을 만났다. 신부의 집안 아재가 된다고 자신을 소개하였다. 나형식은 기섭과 나애리의 결혼이 '평강공주와 바보 온달의 결혼'이라고 하였다. 신부 집의 아버지는 경찰관 출신으로 살기도 넉넉한 집안으로 신부는 무남독녀로 서울 S여대를 나왔고, 신랑은 가진 것 없고 고등학교도 겨우 나왔으며, 능력이 있는 남자도 아니라는 것이었다. 신부는 똑똑하고 대가 찬 여자였다. 둘은 도저히 결혼이 성립될 수 없는 사이라고 하였다. 그러나 영보는 달랐다. 사람마다 타고난 운명의 길을 걷는다. 그 길은 알 수 없다. 기섭은 현재를 인정하고 착하게 열심히 살아가고 있으니까 제 눈에 안경이라고 나애리의 마음에 든 것이었다. 헌신도 짝이 있고 새신도 짝이 있다고 그 보상으로 늦은 나이지만 하느님이 맺어준 인연이라는 생각이다.

기섭은 결혼식을 끝내고 영보에게 "사장님, 잘 다녀오겠습니다."며 활짝 웃으면서 인사하고는 제주도로 신혼여행을 떠났다.

영보는 기섭이가 오색 색종이에 풍선을 매단 차를 타고 많은 사람의 축하를 받으며 가는 것을 지켜보았다.

"그래, 신혼여행 잘 갔다 와라. 그래 우리 각자 어려웠던 길을 잘 견디어 왔고, 어두운 시절을 잘도 참아 온 거야. 그것이 지금 빛을 본 거야. 어둠 속에 빛은 더욱 눈부신 거야. 항상 내일은 해가 뜬다는 생각으로 열심히 잘 살아야 한다."

영보는 차 꽁무니가 사라진 도로를 한참동안 홀로 바라보고 서 있었다.

대리의 삶

어둠이 지자, 하나 둘 켜지는 불빛으로 차갑던 거리가 포근해
졌다. 하늘과 도시, 거리를 포근하게 감싸는 아파트들의 불빛과
가로등, 상가에서 밝히는 색색의 불빛들이 겨울 밤 어머니가 덮어
주는 이불같이 차가운 얼굴을 쓰다듬어 주었다.

손에 쥔 단말기에서 띵똥, 띵똥 첼리 토마토 같은 종소리를 뱉
어냈다. 대리기사를 찾는 문자가 뜨는 순간 익명의 손들이 바삐
낚아채고 있었다. 계속된 불경기에 대리기사는 많아졌지만 부르
는 사람들은 줄어든 탓이었다. 성옥은 단말기 화면에 뜨는 호출을
잡기 위해 버튼을 딱따구리가 나무를 찍듯 눌렀으나 문자는 재빠
르게 시야에서 달아났다.

어두움이 엉켜 있는 건물 옆으로 고양이가 지나갔다. 성옥은

밤에 다니려면 고양이처럼 밤눈이 밝아야 되겠다면서 안경을 흰 머리칼 위에 올리고 단말기 화면을 뚫어져라 쳐다보았다. 대리기사들이 휴대하고 다니는 휴대폰의 불빛은 그들에게는 생명의 빛과 다름없었다. 성옥은 살얼음 같은 바람이 스치는 얼굴을 두 손으로 감쌌다. 찬바람에 언 얼굴, 까칠한 뺨이 소가죽처럼 두껍게 만져졌다. 요즘 들어 얼굴은 더 야위어 가고 눈도 자꾸 꺼져가는 것 같았다. 성옥은 진실보다 건강이라면 몸이 야위어도 얼굴에 살이라도 붙었으면 좋겠다는 생각을 깨물고 거북등 같은 파란 보도블록을 밟으며 걸었다.

성옥은 대리기사를 하기 전에는 중소기업 상무로 있었다. 나이가 오십에 접어들자 잘 다니던 회사에서는 젊은 사람이 영업을 해야 한다고 명퇴를 종용하였다. 사회란 달면 삼키고 쓰면 뱉는 공식이 통하는 곳이었다. 서운함도 컸지만 지천명이면 하늘의 뜻을 알 나이라고 생각하며 이제는 요가, 단식원을 해보려고 마음을 먹고 명퇴를 받아들였다. 세상에서 받은 은혜를 세상에 되돌려주는 일을 해야 한다는 생각에 건강도 관리하고 보람도 얻을 겸 요가, 단식원을 시작하였다. 그러나 생각보다 독립자영업이란 결코 쉬운 일이 아니었다. 홍보를 위해 요가 선생을 데리고 와서 요가 자세를 사진으로 찍어 사이트도 만들었다. 전단지도 만들어

인근 주택가에 뿌리는 등 열심히 뛰어다녔다. 그러나 이상과 현실의 괴리는 너무나 컸다. 상가 5층에 있는 70평의 넓은 공간이라 커튼이며 내부 인테리어 비용과 홍보비를 쏟아 부었지만 회원모집은 수월하지 않았다. 두세 명 회원의 수입으로 유지비도 되지 않았다. 관리비며 비용만 계속 들어가고 수입은 거의 없다시피 하였으므로 운영을 계속할 수 없었다. 일 년도 채 되지 않아 명퇴금이 바닥이 나자, 팍팍한 현실의 바닥을 실감하고 다시 삶의 일을 찾아 열심히 뛰어다녀야 했다.

성옥은 그때 살아 있는 한 열심히 뛰어다녀야 먹을 것이 생긴다고, S화재보험 대리점을 내기로 하였다. S화재보험 대리점을 내기 위해서 부산지점에서 3주간에 걸친 교육을 받아야 했다. 동이 틀 무렵 마산 합성동 시외버스 주차장에서 버스를 타고 부산 사하 터미널에 내려, 지하철을 번갈아 타고 서면의 S보험사로 달려가서 교육을 받았다. 거의 매일 지하철 계단을 오르내릴 때 다들 바쁘게 뛰어다니는 계단 한편에 엎드려 있는 노숙자를 보았다. 부은 듯 얼굴 윤곽이 둥그런 모습에 누더기 옷을 걸치고 처진 어깨를 드러내며 양은그릇을 잡고 있었다. 삶의 가치도 의미도 포기한 듯 초점 잃은 눈, 제멋대로 헝클어진 머리카락, 코와 턱 밑으로 제법 길게 자란 수염도 거칠게 느껴졌다. 말로만 듣던 노숙자를 보니 순간적으로 남의 일 같지 않다는 생각이 들었다. 저 사람도 한때는 열심히 일했으리라.

머리를 스치는 찬바람이 더욱 차가웠다. '나의 소중한 가족들, 사랑하는 가족이 차가운 날씨에 버려진다면….' 하고 생각하다 말고 자신의 마른 몸을 내려다보았다. 영혼의 기(氣)만 남기고 흙으로 돌아갈 육체를 아껴서 무엇하겠는가? 이 몸이 부서지고 가루가 되어도, 목숨 바쳐 사랑할 가족을 지켜야 한다고 생각했다. 팔, 다리가 움직일 수 있는 한, 어떤 힘든 일이라도 마다하지 않겠다고 스스로에게 굳게 다짐을 하였다.

보험대리점 자격시험을 대비한 강의가 계속되었다. 강사가 성옥의 졸음 겨운 희미한 의식의 탁자를 쿵! 쳤다. 강사는 당시 한국은 정이 많은 민족이라 술에 대하여 관대한 문화로 대리운전이 성행한다고 말했다. 강사는 졸다가 눈을 뜨고 당황해하는 성옥이 옆으로 다가와 학생에게 질문하듯 "내가 무슨 말을 하던가요?" 물었다. 성옥은 뇌리에 떠오르는 말, 대리운전이 성행한다고 했다고 대답했다. 짧은 순간 그는 깨달았다. 바로 그것이었다. 성옥은 이 몸, 근골이 부서지더라도 내가 할 수 있는 일은 다하자!며 마음을 다잡고 정보지를 보고 대리운전 회사에 전화를 했다. 대리운전 회사에서는 오십 나이도 상관없다고 하였다. "그렇구나! 두드리는 자에게 문이 열린다고, 오십 나이에 들어갈 곳이 있구나!" 성옥은 보험대리점을 하면서 당분간 대리운전을 투잡으로 해보기로 하였다.

성옥은 어차피 대리운전을 할 것 같으면 하루라도 일찍 시작해야 했다. 용기의 물결이 일고 있을 때 바로 대리운전을 해야겠다고 생각하면서 스스로 힘을 냈다. 그렇게 일을 시작했다. 며칠 뒤 업체를 통해 지급 받은 단말기를 작동해 보기 위해 보험료와 코인을 넣었다. 생소한 기능들은 그를 혼란하게 만들었다. 장님 코끼리 다리 만지기였다. 결국 첫 콜 대리운전은 김 사장이 잡아 주었다. 성옥은 용수철 튀듯 뛰어가 부른 고객에게 차 키를 넘겨받았다. 이십 년간 운전을 하였지만 가슴이 두근거렸다. 잘 알고 있는 차의 기능도 더듬거렸다. 대리운전 첫날 일을 마치고 돈을 받았다. 퇴직이란 동굴에 떨어져 해맨 이후 처음 만져보는 돈이었다. 그것은 어두운 가정에 생명의 불을 지펴 주었다.

대리운전은 창원시의 상남 상업지구가 중심지였다. 성옥은 몇 명의 고객을 데려다 주고, 대리기사들이 모이는 장소인 창원 상남동에 도착하였다. 창원 상남동은 많은 택시 소음과 가게에서 흘러나오는 음악, 한 떼의 인파들이 몰려가면서 웅성거리는 소리 등으로 소란스러웠다. 네온사인도 거리를 소란스럽게 만드는데 한몫하는 것 같았다. 대리기사들은 새하얀 겨울, 일월의 살얼음이 몰고 오는 바람을 피해 빌딩 출입구에서 서성거렸다. 불빛은 생각에 잠긴 사람에게는 사색의 불빛이고, 뛰어가는 사람에게는 생명의 박동이고, 이야기하는 사람에게는 정감이었다. 나뭇가지에서 생명의 씨앗처럼 영글고 있는 불빛 아래서 밤공기 속에 하얀 입김을 뿜어내고 있는 김 사장을 만났다.

김 사장은 누군가와 서서 이야기를 나누다 성옥이 다가오는 것을 보고 두 손으로 윗도리의 옷깃을 고쳐 주며 말하였다.

"할 만합니까? 날씨가 추우니 옷을 두껍게 입고 다니세요."

"열심히 뛰고 있습니다."

성옥은 뺨이 골짜기를 이루는 얼굴에 엷은 미소를 띠며 말했다.

열심히 뛰고 있다는 것은 진심이었다. 빈약한 몸으로 지천명 나이에 대리운전을 할 수 있으니 말이다.

김 사장은 성옥에게 단말기 기능이 편리하게 되어 있다고 설명해 주었다.

"물질문명이 발달될수록 인간은 기계의 노예가 되어갑니다. 이 단말기는 호주머니에 넣고 있어도 배차 신호음이 울리니 기계가 주는 밥을 기다리면 됩니다."

성옥은 그의 말에 공감을 했다. 하기야 돈에 눈이 있어 돈이 이끼처럼 붙는 곳에 비하면 대수롭지 않을 정도지만, 나름대로 애쓴 만큼 돈을 벌게 하는 단말기였다. 대리운전은 금붕어처럼 입만 뻐끔대면 거짓말로 돈을 버는 것보다 정직하게 그리고 노력한 만큼 얻는 직업이었다.

성옥은 김 사장에게 콜이 잘 잡히지 않는다고 의문을 던져보았다. 김 사장은 휴대폰을 거꾸로 들고 흔들어 보이며 말했다.

"보세요. 떨어지는 콜이 있는가. 떨어지는 게 하나도 없잖아요. 요즘 선거 때라 공직자들은 회식 자리를 피하고, 선거원들은 유세장에 있으니 없을 수밖에요."

김 사장은 큰 키에 검고 윤이 나는 머리를 뒤로 묶고 있는데, 콧대가 뚜렷하고 빛나는 눈동자는 예술적인 분위기가 났다. 혈색 좋은 얼굴, 단단한 체격을 가지고도 대리운전을 하는 사연을 읽을 수 있었다.

김 사장과 같이 서서 이야기를 나누는 동료 기사는 작은 키에 뚱뚱한 몸집이었다. 짧은 머리에 둥근 얼굴 같지만 가까이 보면 우뚝한 광대뼈가 보이는 그는 단말기와 두 손을 호주머니에 넣고 야위어 보이는 성옥을 연민의 눈으로 보면서 입을 열었다.

"이번 대통령은 경제를 살리고 실업자를 줄일 수 있는 사람이 돼야 될 텐데요! 경기가 힘들면 신용 불량자들이 늘고 그들이 일할 곳은 기껏해야 대리운전이니 앞으로 더 힘들어질 것입니다."

성옥은 현 사회를 직시하듯 가슴을 쿡쿡 쥐어박는 말에 귀를 기울였다. 그 역시 생활의 방편인 대리운전을 얼마나 할 수 있을지 걱정이었다. 현실의 벽은 너무 두터워 삼십 년 직장생활에도 대리운전을 하고 있지 않는가. 하늘의 구름 같은 경제 성장보다 삶의 전쟁터에 있는 저소득 국민들이 잘 살 수 있는 복지가 필요하였다. 대리기사들은 생업의 전쟁터에서, 차도를 가로지르며 종횡무진 사고의 위험을 안고 뛰어다녔다. 이러한 대리운전도 어려워진다는 말에 짧은 순간 미래에 대한 불안감이 밀려왔다.

김 사장은 귀를 세우고 듣고 있는 동료들에게 따뜻하게 말해주었다.

"한국은 대리운전이라도 할 일이 있으니 희망의 나라입니다. 무슨 일이든 노력하면 할 수 있으니까요. 본인이 열심히만 한다면 일당은 가져갈 수 있습니다. 열심히 하십시오."

성옥은 김 사장의 말에 죽순처럼 돋아나는 걱정을 누르고 미소 지으며 다짐하듯 속으로 말했다.

"그래, 생은 근로와 사랑으로 이어져 간다. 잡초처럼 강하게 열심히 살아야 한다. 고생을 모르고 자라거나 욕심이 지나친 사람일수록 현실의 벽을 이겨내지 못한다. 어떤 비참한 죽음보다 더한 고통이 있더라도 살아 있는 한 희망은 있는 것이다. 고통만큼 인간을 진화시키는 것은 없는 것이다. 현실을 이겨내야 가족을 지킬 수 있다."

성옥은 빌딩 사이로 몰려다니는 사람들을 보았다. '별이 빛나는 밤'이라고 적힌 나이트클럽 간판의 어지러운 불빛이 호랑이같이 입을 벌리고 혀를 날름거리는 것 같았다. 맛집으로 알려진 식당 옆으로 한 무리의 연인들이 팔짱을 끼고 지나갔다. 멀리 마담인 듯한 여자와 안경을 고쳐 쓰며 한껏 거드름을 피우고 있는 신사가 마주보며 길옆에서 있는 모습이 눈에 들어왔다. 잠시 후 신사가 옆에 대기 중인 차에 오르자 주위의 몇 명이 허리를 굽혀 인사를 했고 차는 유유히 도로를 빠져나갔다. 그러자 옆에 있던 마담인 듯한 여자가 젊은이들을 데리고 건물로 들어갔다. 마담이 사라진 건물 앞으로 작업복 점퍼를 걸친 대여섯 명의 근로자들이 겨울철 벌판을 휘도는 바람소리같이 소란스럽게 몰려 나왔다. 술을 마신 듯 그들은 큰 소리로 대화를 했는데 중간에 욕설이 튀어 나오기도 했다. 힘든 세상이겠지만 그들은 술로써 스트레스를 풀고 서로를 통해 위로를 받으며 단단하게 동지의식으로 묶여 있는 듯 했다.

상남동에서 기생하는 수많은 공룡의 아가리들은 어떻게 그들의 욕망을 실현하고 있을까? 사회의 바닥을 헤매며 전전하는 자들의 마지막 발버둥을 삼키고, 여성을 성상품으로 만들며 선한 사람을 타락의 길로 유혹하는 거대한 온상 구실을 했을 것이다.

상남동은 성옥의 기억의 곡간에 의하면 논밭 천지였던 곳이었다. 여름에는 푸른 논을 건너 논둑을 달빛과 같이 걸어서 친구 집으로 왕래하던 곳이었다. 논둑을 걸으면서 개구리 울음이며 풀벌레의 오케스트라 연주를 흔히 들을 수 있었다. 푸른 바람이 귀를 간질거리는 논둑을 지나 친구 집에 가면, 대청마루에 앉아 있던 친구 어머니는, "성옥이 왔구나?" 하며 반겨 주던 곳이기도 했다.

과거 상남 지역에서 논밭을 일구고 살던 토박이들은 토지개발 계획이 있을 때, 처음에는 조상 대대로 내려온 논밭을 지키겠다며 대부분 반대하였다. 결국 시대를 거스를 수 없어 마을을 떠난 정다운 사람들은 모두 어디로 갔을까. 상남의 초가 마을은 그렇게 하나둘 사라졌다. 논밭에 빌딩이 들어서고 달과 별빛이 유난히 밝았던 그곳에 이제 네온사인 불빛이 불야성을 이루는 환락가가 되었다. 상남동은 마산, 중리, 장유, 진해로 손님들을 실어 나르는 출발지이자 곳곳에 있는 대리기사를 불러 모으는 그들의 도착지이다.

방금 합류 차 한 대가 도착하여 많은 기사들을 뱉어냈다. 용수철 튕기듯 뛰어 내리는 사람은 콜을 잡은 사람이었고, 여유 있게 내리는 사람은 콜을 기다리는 사람들이었다. 해가 지면 상남동은 술에 취해 휘청거리는 사람과 대리기사들로 넘실거렸다.

"띵똥" "띵똥"

마침내 성옥은 중리로 가는 콜을 배차 받았다. 성옥은 매가 먹이를 낚아채듯 배차 버튼을 눌러 콜을 잡아 고객과 통화를 하고 화살같이 뛰었다.

성옥은 뛰면서 생동감을 느꼈다. 우주의 원리는 운동이고, 정지는 죽음이다. 성옥의 몸은 잡초같이 삶의 바닥에서 풋풋한 향기가 났다. 황량한 들녘에 끈질긴 잡초의 삶. 성옥은 성공이란 단어도 잊고, 가족에 대한 미안함과 죄책감, 그리고 책임감으로 자신을 수시로 채찍질하였다. 때로는 똑똑하지 못한 가장, 떳떳하지 못한 모습을 학대하며 버드나무 가지처럼 약한 팔, 다리이지만 온 힘으로 뛰었다.

성옥은 고객을 만나 간단한 인사를 나누고 차 키를 넘겨받았다. 잠시 차 안에는 가쁜 호흡에서 풀리어 나온 입김으로 가득 찼다. 이마에 흘러내리는 땀을 한 손으로 훔쳐내고, 함부로 흩날린 머리카락을 머리 위로 걷어 올리고, 안전띠를 매고 운전대를 잡았다. 시동을 걸고 옆 좌석에 앉은 고객을 보았다. 고객은 짙은 눈썹에 쌍꺼풀진 눈, 갓 씻어놓은 복숭아 빛 얼굴의 젊은이였다. 그는 "사장님, 대리운전을 하면 얼마나 버세요?" 물었다.

성옥은 핸들에 몸을 붙이고 앞을 주시하며 말했다.

"대리운전은 돈이 안 됩니다. 돈이 안 되기에 본업은 어렵고 대개는 투잡으로 합니다. 잠을 네다섯 시간 자면서 보험과 대리운전 두 가지 일을 하여도 월급쟁이 월급의 반도 되지 않습니다. 회사는 온상입니다. 월급쟁이는 시간이 가면 나의 돈이지만 사업은 안 되면 시간이 갈수록 남의 돈입니다."

그는 "아, – 예," 하고 성옥의 말을 집어삼키듯이 침을 꿀꺽 삼키며 시들어가는 풀같이 말꼬리를 내렸다.

그는 담배를 빼어들고 "나이 드신 분 앞에서 담배 피워도 되겠습니까?" 하고 양해를 구했다. 그는 "예, 피우세요."라고 말하자, 주저없이 만지작거리던 담배에 불을 붙이고 차장을 반쯤 내렸다. 그는 심란한 듯 담배를 힘껏 빨아 한 번 길게 삼키고는 연기를 뿜어내었다. 흰 연기는 둘리처럼 꼬리를 흔들며 창 넘어 달아났다. 성옥은 코끝에 확 묻어나는 담배연기가 싫지는 않았다. 오히려 한 번 더 맡아보았다.

"사장님, 대기업과 중소기업의 체감 소득 차는 거의 다섯 배입니다."

그는 피우던 담배를 끄고 말했다.

"대기업과 중소기업의 소득이 두 배 정도 차이는 이해가 가지만 다섯 배라니 이해가 가지 않네요."

성옥은 그의 말을 넘겨받으며 물어보았다.

"사상님, 대기업과 협력회사는 월급도 배로 차이가 나지만 대기업은 주 5일 근무고 협력회사는 일요일 없이 밤낮 일해도 힘들어 문을 닫습니다. 우리 회사도 이제 얼마 안 있어 문을 닫는다고 하니, 저도 곧 다른 직장을 구해야 하는데 걱정입니다."

"직장의 안정성 등을 생각하면 그런 생각이 들겠군요."

성옥은 그의 말에 고개를 끄덕이며 말했다.

성옥은 신호를 받고 있다가 신호가 바뀌자 페달을 깊게 밟고는 차도로 어두워진 도로를 빠르게 달렸다. 하얀색 승용차가 앞을 갑자기 가로막았다가 달아났다. 성옥은 브레이크를 밟으며 오른손으로 핸들을 꼭 붙들었다. 진행하는 데 방해가 되었다는 보복행위인 것 같았다. 참을성 없는 신세대일까? 인내와 배려 없는 썩은 영혼, 소와 말보다 못한 벌레가 몸을 바쁘게 말아가며 어둠 속으로 달아났다.

성옥은 차들이 한산한 변두리를 지나 목적지에 도착하였다. 그는 아버지 생각이 난다며 차비를 더 얹어 주었다. 성옥은 선과 악의 세상을 달려온 것 같았다. 악한 사람은 그렇게 살아서 안 되겠다는 교훈을 주고, 좋은 사람은 세상을 살맛나게 하였다.

성옥은 좋은 사람의 따뜻한 훈기를 맡으며 단말기의 완료 버튼을 눌렀다. 바로 배차가 되는 콜을 "재수!"라고 부르는데 재수를 잡은 것 같았다. 시골인 함안 여행이라, 누가 잡았다가 뱉어낸 것이었다. 성옥은 귀한 콜이라 고객에게 전화를 걸어 십분 소요된다며 양해를 구하고 잽싸게 달려갔다. 한 콜 더하면 그만큼 가족이 행복해질 수 있다. 땀이 이마에 송글송글 맺혔다. 능력 없는 성옥을 믿는 가족을 위해 열심히 일해야 한다고 생각하며 부지런히 뛰었다. 중간에 오르막이 있어 가쁜 숨을 몰아쉬고 조금 걷다가 쉬지 않고 뛰기를 반복하여 겨우 시간 안에 도착할 수 있었다. 고객은 자동차 키를 넘겨주고 뒷자리에 타는 매너를 지켜 주었다.

성옥은 턱까지 올라오는 숨을 몰아쉬며 반갑다는 인사를 하고 차 시동을 걸었다.

"뒤에 차가 따라옵니까?"

뒷좌석에 앉은 고객이 물었다.

"아니 2인 일조가 아니라 개인입니다."

성옥은 대답하였다.

"그럼, 나올 때 어떻게 나옵니까?"

고객은 염려가 되는 듯한 얼굴로 물었다.

성옥은 기도만 하면 이루어진다는 신앙심이 매우 깊은 아내를 생각하며 "타고 나올 택시가 있겠지요. 갑시다." 하고 차를 몰았다. 성옥은 열심히 뛰면 기적이 있다는 믿음이 있었다.

성옥은 백미러로 빛의 그림자가 고객의 얼굴을 스쳐 지나가는 것을 보면서 주차장을 빠져나와 함안 여항으로 달리기 시작했다. 근처 마산대학을 지나 다소 빈약한 길을 나와 꼬부라진 길을 좌회전하여 시골인 여항을 향했다. 한참을 달려 고객을 집에 보내고 나니 새벽 2시였다. 그 지역을 벗어나기 위해 택시가 오나 둘러보았다. 택시는 그림자도 보이지 않았다. 드리워진 어두움뿐이었다. 시골의 한적한 곳에서 성옥은 불빛의 사슬이 끊어진, 멀리

드리워진 어둠을 보았다. 어둠 속을 얼마나 가야 할지 알 수 없었다. 그러나 걸어서 가야만 했다.

성옥은 읍 소재지 쪽으로 서둘러 걷기 시작했다. 아스팔트가 더욱 검게 보이는 길에서 단말기를 쥔 손은 신경과민으로 바싹 굳어 있었다. 더구나 길은 공사 중이어서 걷기가 불편하였다. 보도블록이 군데군데 파헤쳐져 있고 인도도 없이 길은 울퉁불퉁했다. 다행히 어두움을 흡수하는 달의 미소가 앞길을 밝혀 주었다. 성옥은 상현달이지만 그런대로 거닐 만하다고 생각했다. 달이 없는 날이라면 어떠하였을까? 심야 시간이라 산돼지라도 달려들면 어떡하나 하는 염려가 목덜미를 잡을 때 머리카락이 꼿꼿이 일어섰다. 달이 실비단 커튼을 친 구름 속에 얼굴을 감추었을 때는 거리가 어두웠다. 달이 구름에 숨어 있을 때는 "달아, 빨리 나와라!" 하고 속으로 불러 보았다. 길 건너 집에서 새어나오는 불빛은 동심의 이야기처럼 반짝거렸다. 사탕처럼 달콤해 보이는 불빛이 있는 집으로 빨리 가야 한다 생각하니 다리의 관절은 시간이 지날수록 뻣뻣해지고 허리도 좋지 않으니 따끔거렸다. 빨리 집에 가서 눕고 싶었다.

두 시간 정도 걸어서 겨우 함안 가야에 도착하였지만 너무 늦은 시간이어서 마산에 가겠다는 택시가 없었다. 여기서 밤을 새지 않을까? 염려가 되었다. 다행히 동료 대리기사를 우연히 만나,

중리까지만 태워주겠다고 해서 중리까지 올 수 있었다. 동료기사는 학비 때문에 알바를 하지만 잘못하면 밤 샐 뻔했다는 네 시까지는 마지막 합류 차가 도착할 시간이라며 어두움을 가르며 뛰었다. 성옥도 그를 따라 뛰어 막차를 턱걸이로 탈 수 있었다.

합류 차 안은 쓰지 않는 골방에 거미줄이 쳐 있는 것처럼 희미한 불빛이 성옥의 마른 얼굴을 비추어 주었다. 성옥은 눈짐작으로 열 명 남짓한 사람 수를 세고 의자에 앉았다. 다들 딱딱한 의자에 등을 붙이고 어려운 세상을 열심히 살아가고 있었다. 동료들은 외곽에서 시내로 들어가는 삼사십분 동안의 여유시간에 오늘의 에피소드를 차 안에 쏟아 놓았다. 동료들은 웃음꽃을 피우며 열심히 일한 보람을 나누어 가졌다, 일부는 앉은 채 눈을 붙이고 자는 듯 했다. 성옥은 자투리시간을 채우려고 방송통신대학 강의 메모를 외투 호주머니에서 꺼냈다. 공부는 어둠 속의 빛이랄까? 아무 것도 볼 수 없는 어둠 속에서 불빛은 사람을 부지런히 움직이게 하고 많은 것을 보게 해 주었다. 공부는 소멸해가는 육체에 욕망의 활달한 날개를 다는 일이며 성공의 씨앗이었다. 안경을 머리 위로 올리고 가물가물한 눈으로 메모지를 열심히 보고 있었다.

메모한 것을 반복하여 열심히 외우고 있는데 차가 멈추고 대리기사를 하는 여성이 옆자리에 와 앉았다. 성옥은 메모지를 감추고 여자가 이 시간에 대리운전을 할까? 생각하며 유심히 보았다. 40

대 초반으로 보이는 계란형 얼굴인 그녀는 볼륨 있는 가슴, 붉은 색 잠바, 어깨에 걸친 돈 가방이 엉덩이까지 내려와 의자에 앉자 무릎 위에 올려 놓았다. 그녀가 사방을 두리번거리다가 성옥에게 상냥하게 웃어 주었다. 화장은 짙게 하였지만 그 속에 감추어진 피곤한 모습은 지워지지 않는 것 같았다.

이성에게 친밀감이 생기는 것보다 감미로운 것은 없는 것이다. 성옥은 여자의 통통한 얼굴에 하얀 미소를 보면서 복스럽게 보이는 얼굴인데 이렇게 고생을 할까, "여자의 몸으로 대리운전 힘들지 않으세요?" 성옥의 물음에 그녀는 남편이 D중공업에서 노조 일을 하다 사십 중반에 회사를 그만둘 수밖에 없었다며 자녀 대학 학자금을 만들기 위해 남편과 같이 대리운전을 하게 되었다면서 쉽게 말하지 못하는 가정사를 술술 쏟아내는 것을 보아 붙임성이 있어 보였다.

성옥은 창밖을 내다보았다. 불빛을 삼켜버린 외곽지대에는 달빛만 희미하게 도로로 떨어지고 있었다. 제 색을 잃은 산은 천상과 지상의 경계선을 뿌옇게 드러내고 있었고, 도시의 불빛은 멀리 산 능선 위의 바람에 나부끼는 안개구름같이 부챗살처럼 공중으로 퍼지고 있었다. 삶이란 시간과의 싸움이며 일분일초와의 싸움이라고 부엉이 울음이 들릴 것 같은 희부연 산야였다. 이 버스에 탄 사람들은 달리는 차에 있다는 사실만으로 생의 길을 힘차게 달리는 것이 아닐까 생각했다. 존재한다는 것만으로 생은 축복이 지 않은가. 창밖은 많이 아파 본 몸이 의식하는 좌절의 시간처럼 적막하기만 하였다.

그녀는 자기가 일한 콜 내역을 보고 있다가 "콜 많이 하였어요?" 성옥에게 말을 건넸다.

성옥은 그녀가 묻는 말에 웃으면서 일곱 콜을 했다고 말하고는 대리운전을 하게 된 동기와 당위성을 말하며, 대리운전은 한 이 년 정도는 해볼만한 직업이라고 했고, 그녀는 성옥의 말에 맞장구를 쳐주었다. 같은 직업을 가진 사람만이 통하는 말이었다.

"맞아요, 우리 아이도 알바로 대리운전을 하더니 이 년정도 해볼만한 직업이라 합니다. 돈을 벌기가 힘들다는 것을 경험하는 외에도, 정보를 얻고 처세술을 배우고, 인간은 어떻게 살아야 하는지를 많이 생각하게 된다나요. 그리고 아빠 엄마가 어떻게 돈을 버는지 알고 빨리 졸업하고 취업해서 아빠 엄마가 대리운전을 그만두게 하겠다고 합니다. 착한 애지요, 애가 우리 집의 희망이랍니다."

그녀가 대리기사로 일하지만 낮에 보면 어떠한 모습일까 생각해 보자니, 아이들이 학교에 가는 것을 바라보며 미소 짓는 모습이 떠올랐다.

차는 불빛이 없는 길을 달리고 있었다. 어디쯤 왔을까? 커튼을 걷고 밖을 보았다. 하늘과 산이 경계를 이루는 회색빛 선만 계속 보였다. 밤은 모성의 치맛자락으로 어둠을 뚫고 달리는 합류 차를 덮어주고 있었다. 골뱅이 같은 얼굴이든, 숨기고 싶은 상처나 아픔 모든 것을 드러내는 낮보다 밤은 모든 것을 덮어주었다. 그런 밤은 여자의 신비감처럼 속삭임이 있었다.

어느 시점부터 합류 차 안의 사람들은 정류장을 지날 때마다 줄어들고 있었다. 그녀도 몇 정거장이 지나자 성옥에게 수고하라는 말을 남기고 내렸다. 성옥은 여자로서 현실의 장벽 사이에서 돋아나는 아름다운 민들레를 본 것 같았다. 화려함은 없지만 소박한 꽃으로 풋풋한 생명력이 있으며 하늘을 향해 뻗는 간절함이 있는 꽃, 세상에 맑은 공기를 주듯 어떤 어려움도 이기고 인내하는 민들레 한 송이가 시야에서 사라져 갔다.

인간은 움직이지 않고 노력하지 않으면 죽은 것이다. 일은 만들어서라도 해야 하는 것이 신의 뜻이다. 대리기사는 하루 종일 뛰어다니는 직업으로 운동이라 생각하면 할 만한 직업이었다. 성옥은 첫 콜을 잡을 때 타고 온 승용차가 있는 가까운 정류소에서 내렸다. 하루의 일을 마쳤다는 생각에 피곤하고 졸렸지만 발걸음이 가벼웠다. 주차시켜 두었던 승용차에 올랐을 때 전쟁의 세상에서 나와 평화의 일상으로 돌아온 것 같았다. 불빛은 어두움이 제아무리 눈을 감겨도 아랑곳없이 꿋꿋하게 거리를 환하게 비추어 주었다. 그의 마음도 차츰 호수같이 고요해졌다. 인간은 환경에 잘 적응하도록 되어 있었다. 아무리 힘들어도 생활환경에 자연스럽게 적응한다. 성옥의 자동차는 신호등마다 빨간 점멸등이 켜져 있는 길을 쉽게 달려 나갔다. 간혹 신호가 있는 길마다 조심스럽게 차를 몰아 자택인 아파트에 도착하였다.

동트기 직전의 새벽이라 지하주차장에 겨우 일자 주차를 하고 짙은 어두움을 몰아내기 위해 단말기를 켰다. 단말기의 불빛은 얼굴과 어깨와 옷을 비추며 블랙홀 같은 어둠속에서의 두려움을 밀어내어 주었다. 엘리베이터는 문을 열고 형광등 불빛이 환한 얼굴로 성옥을 반기며 집안까지 안내하였다.

성옥은 아파트 문에 설치된 자물쇠의 번호 키를 눌러 문을 열었다. 신발을 벗고 거실을 지나 불빛이 새어나오는 안방 문을 열었다. 따뜻하고 부드러운 사랑의 훈기가 뺨을 어루만졌다. 얼굴을 만지는 따뜻한 기운이 지친 발걸음을 녹여주었다. 아내는 그 시간까지 잠들지 않고 깨어 있다가 그를 맞았다. 아이들도 아빠를 기다리다가 늦게야 잠이 들었다고 한다. 그는 아이들 방을 열어보았다. 이불을 걷어차고 바닥에 이리저리 누워 깊은 잠에 빠진 아이들을 바라보고 있노라니 눈물이 나오려고 했다. 그는 이불을 끌어 곤히 잠든 아이들을 덮어 주었다.

성옥은 대충 몸을 씻고 방으로 들어가 가만히 누웠다. 그리고 사랑하는 가족의 행복을 위해 더욱 열심히 뛰어야겠다고 생각했다. 못난 가장 때문에 잠들지 못하는 아내와 아이들을 생각하면 성옥은 가족에게 죄를 짓고 있는 것 같았다. 아이들에게는 초췌한 모습을 내보일 수밖에 없는 아빠였고 아내에게는 내세울 것이 없는 남편이었다. 그는 세월의 무게를 감당하지 못해 축처진 시래기 같은 몸이었지만 가족을 위해서는 가루가 되어도 좋다는 심정이었다.

조금이라도 더 건강하였다면 얼마나 좋을까 생각하였지만 부질없는 것이었다. 아무리 허접하게 거리로 떠도는 삶이라도 현재의 자신을 부인할 수 없었다. 그가 죽으면 자식도 명예도 없다. 사람들은 흔히 건강이 행복과 등식을 이룬다고 생각하지만 건강하지 못한 자가 그것이 가시가 되어 정신의 연륜이 자라는 것이다. 누구도 살찐 돼지를 가리켜 행복한 인생이라고 하지 않듯이 육체의 건강이 전부가 될 수는 없을 것이다. 그렇다면 역으로 고통과 아픔을 견디기 힘들지만 이러한 것들이 모여 삶을 더 풍요롭게 하고 건강하게 만들어 갈 것이라는 생각을 해 보았다.

예전에 몰랐던 밤의 낮은 조명이 이불깃에 포근하게 내려앉았다. 성옥은 불빛의 감촉을 느끼듯 이불깃을 부드럽게 만져 보았다. 밤은 세월도 야윈 얼굴도 덮어주는 모성으로 생명을 감싸고 있었고 불빛은 그것을 깨닫게 해 주었다.

어느새 취객의 이야기나 돌아오는 차량에 올랐던 여인의 모습도 희미해지면서 밤의 깊이에 빠져 들어갔다. 한 치 앞이 보이지 않는 삶의 길에는 권세를 누리던 사람도 절벽 길에서 떨어질 수 있는 밤이었고 가난한 사람도 자고 일어나면 부자가 될 수 있는 밤이었다. 성옥은 생활고로 몇 가지 일을 따로 준비하고 있었다. 그는 인생의 길이란 울퉁불퉁한 고비를 넘기면 반드시 평탄한 길이 있다는 것을 믿고 있었다. 성옥은 단식으로 세상에 빛을 주고픈 꿈을 꾸고 있었다. 그 꿈이 실현될 때까지 대리의 삶이라도 쉬지 않고 달려가야 하는 것이었다. 성옥은 불빛을 보고 쉼 없이 달려가는 꿈을 꾸었다. 어둠의 거리에서 불빛만 보고 희망을 향해 달리고 있었다. 아무리 현실이 어두워도 앞길을 밝혀 주는 불빛을 찾을 수 있을 것 같았다. 생명이 보듬는 따뜻한 불빛. 포근한 이불 깃을 어루만지며 성옥은 어느새 잠이 들었다.

벽시계는 새벽 여섯시를 알리는 소리를 냈다.

당신은 사랑받기 위해 태어난 사람

어촌 체험

영수는 한 달에 한 번 친구들과 만나는 '달모임'이 있다. 삼십오 년 세월이 흘러 다들 머리가 하얘졌고, 자연 부부 모임으로 발전되었다. 이번 모임은 특별한 모임이었는데 거제 군항포에서 1박2일 어촌 체험을 위한 모임이기 때문이었다. 친구들은 어촌 체험을 할 집에 들뜬 마음으로 도착한 시간은 오후 1시가 넘어서였다.

여름이어서 반바지 차림으로 가지고 온 짐들을 숙식할 방에 내려놓고 앞마당에 있는 정자로 나와 모였다. 바닷바람이 상쾌한 정자는 거제 군항포를 한눈에 볼 수 있었다. 정자에는 새소리가 흩어지고 있었고, 항구는 호미 모양의 해안으로 위쪽에는 논밭도 보였는데 초록 융단을 깔아 놓은 것 같았다. 영수는 최 여사와 나란히 정자 난간을 잡고 바다를 한참 바라보고 있었다. 최 여사는 영수의 얼굴과 바다를 번갈아 보면서 말했다.

"여기 참 좋다. 그죠?"

영수도 옆에 있는 그녀를 의식하고 논밭과 바다가 어우러진 풍경을 응시하며 말했다.

"예, 참 좋네요. 바다 곁에 있는 논에 바닷물이 들어올 텐데 농사를 지을 수 있을까요?"

그녀는 영수가 묻는 말에 수긍했다.

"글쎄 말예요. 농사가 어렵지 않을까싶네요?"

영수와 최 여사는 서로 마주 보면 웃었다.

"농사를 지을 수 있으니까 논이 있겠지요."

영수는 말을 마치고 멀리 바다를 바라보았다.

친구들은 정자에서 바다를 보면서 저마다 감상적인 말을 하고 있는데 누군가가 "배고프다 점심부터 먹자"했고, 그 말이 신호라도 되듯 분주하게 점심 준비를 하였다. 몇 명의 남자들이 배낭에서 김밥과 라면, 김치를 꺼내고 일부는 코펠에 물을 떠와 버너에 불을 붙이고 라면을 끓였다. 여자들이 그릇과 수저를 챙겼다. 그들은 대충 자리를 펴고 김밥과 라면을 먹으면서 강호가 동동주한 잔 하자면 동동주를 가져와 한 잔씩 돌렸다. '달모임' 회장을 맡고 있는 달수가 친구들을 둘러보면서 말했다.

"야, 친구들아! 그동안 잘 지냈나? 인생 별거 있나, 한세상 웃으며 즐겁게 살아야 안 하겠나? 우리 친구들 이렇게 모인 게 삼십 오 년인데, 이제 남은 세월도 잘 지내도록 하자. 여기 와 보니 정말 잘 왔다는 생각이다. 저기 바다에 일상의 스트레스는 다 날려 보내고 재미있게 보내고 가자. 여러분 환영합니다."

모두들 박수를 치고 환호성을 질렀다. 내륙지방인 거창에 사는 친구 선일은 짧게 깎은 머리카락이 유난히 희게 보이는데 둥근 얼굴에 흰 이를 보이며 친구들을 보면서, "그래 달수야, 우리 여기 정말 잘 왔다." 하면서 옆자리에 앉은 친구에게 "야! 강호야! 잔 받아라." 잔을 건넸다. 강호는 두꺼운 얼굴 두툼한 입술, 약간 올라간 눈꼬리에 천진한 미소를 지으며 선일이가 주는 동동주를 두 손으로 받았다.

"야, 좋다! 바다라 그런지 공기도 맑고, 이런 곳에서 살았으면 좋겠다. 여기 오니 기분이 상쾌하다."

선일이 옆에 앉은 머리카락이 검고 동안의 얼굴인 정우가 크게 웃으며 말하였다.

"선일아! 정 여사가 앞에 보이는 바다를 보고 여기 강이 있네, 하고 말했단다. 거창에서 강만 보다가 바다를 보니 강처럼 보인 모양이지?"

동그란 얼굴의 정 여사는 활짝 웃으며 한마디 한다.

"나는 처음에 강인 줄 알았어요."

"달수야! 선장이 어촌 체험 시간이 언제라고 하더냐?"

강호가 달수를 보며 물었다.

'달모암' 회장 달수가 웃음을 나누고 있는 친구들을 둘러보고는 의견을 물었다.

"선장이 오후 5시쯤 물이 빠질 때, 바다에 나가 그물을 치고 난 뒤에 당기며 물고기를 잡는 체험을 해야 하는데 기다리는 동안 우리 뭐하고 있으면 좋겠나?"

산책을 하자는 강 여사의 말에 정우가 말을 받았다.

"강 여사야! 산책은 집에 가서 해라. 5시까지 기다리려면 시간이 많으니 오랜만에 카드나 하자."

"그래, 정우 말대로 카드를 하자."

선일이 말에 모두들 찬성하여 의견 일치를 보았다. 정우는 부인에게 "최 여사야! 카드를 가져온나."고 하고 부인이 카드를 찾는 사이에 담요를 자리에 깔았다. 담요 위에 카드가 놓여지고 친구들이 앉은 자리 옆에 동동주와 술잔이 놓여졌다. 최 여사는 "여기 커피 드려요?" 묻고는 한켠에 두었던 배낭에서 보온병을 꺼냈다.

정우가 옆의 강호를 쳐다보며 담요를 당기고 앉으며 말했다.

"강호야! 우리 카드놀이하는 거 정말 오랜 만이다."

친구들도 담요 중앙에 카드를 두고 둘러앉았다. 최 여사는 보온병에 담아온 커피를 따라 친구들에게 종이컵으로 한 잔씩 부어준다.

영수는 최 여사가 따라주는 커피 잔을 받아 들고 카드놀이하는 친구들을 보면서 자리에서 일어섰다. 영수는 돈을 따려고 애를 써야 하는 카드놀이에는 영 취미가 없었다. 게다가 위장이 약하여 술도 마실 수도 없어서 방으로 들어왔다.

방은 제법 넓은 창문이 많아 시원한 바람이 불었다. 눈짐작으로 이십 명 정도가 숙식할 수 있겠다 생각하고 다른 방이 없는지 둘러보기로 했다. 복도를 지나니 방이 끝나는 곳에 방문이 보였다. 방문을 열어보니 큰 방에서 이어낸 작은 방이 있었는데 작은 방에는 장롱이 있었고 장롱을 열어보니 이불과 베개가 있었다. 영수는 이불을 꺼내어 깔고 베개 위에 엎드려 누웠다. 파도소리와 어디에선가 컹컹 개 짖는 소리가 사방 창문으로 넘어 들어왔다. 영수는 그만의 휴식을 즐길 수 있는 공간에서 정말 잘 왔다고 생각했다.

영수는 메고 온 배낭을 풀어 책과 메모지를 꺼냈다. 친구들이 모이면 틀림없이 카드놀이와 술 먹는 시간이 많을 것이다. 영수는 카드나 술을 못하니 대신 그 시간에 관심이 많았던 어촌의 풍경을 그려보고 싶었다. 나이가 들면 혼자서 즐길 수 있는 취미가 있어야 한다. 그림을 그린다든지 책을 읽는 취미. 그에 더해 창의적인 글을 쓸 수 있다면 그것보다 좋은 취미가 있을 수 있을까 하며 오늘 일어나는 에피소드를 적어보고자 하였다.

얼마 있지 않아 창문이 많은 큰 방으로 친구 부인들이 우르르 몰려 들어오는 소리가 들렸다. 최 여사의 목소리가 들렸다.

"남자들은 카드놀이를 하는데 우리는 고스톱이나 치자! 강 여사가 화투를 가져오기로 했으니 우선 저기 있는 담요를 깔고 앉자."

잠시 후 요란한 소리가 수그러들자 고스톱을 치는 소리가 들려왔다. 방음이 되지 않아 영수가 누워 있는 방으로 그 소리들이 정겹게 건너왔다.

"어 뻐꾸기네, 어떻게 먹어야 할지 갈등이 생기네."

"귀신이다."

"아이고 우스워 죽겠네."

부인들의 맑은 바람처럼 상쾌한 목소리가 웃음에 섞여 영수의 기분도 좋게 하였다. 때로는 떠들썩하게 때로는 집중한 듯 조용하게 화음처럼 소리가 이어졌다. 세상의 자식들을 낳고 키우고, 남편 뒷바라지에 직장을 가지고 있는 위대한 아주머니들의 소리가 너무 정겹게 들렸다. 늘 듣던 목소리지만 웃음이 가득 넘쳐흘러 옆방까지 밀려오는 시간이었다. 어촌 체험도 체험이지만 이렇게 웃음으로 보낼 수 있는 시간이 있다는 것만으로도 행복을 한 아름 안고 있었다. 그녀들도 저렇게 재미있게 지내며 많이 웃을 수 있어 몸과 마음이 힐링의 시간이 될 터였다. 부인들은 고스톱을 치면서 연방 웃음을 터트리고 있었다.

"쪽이다!"

"평소에 뽀뽀를 많이 해야 쪽쪽을 잘한다는데."

그러면서 서로 깔깔거리고 웃었다.

"정말 좋네."

"하루 15초 웃으면 수명이 이틀 연장되고, 45초 웃으면 스트레스 고혈압을 물리칠 수 있다고 합니다. 많이 웃으세요. "

그녀는 잠시 후 이어서 말했다.

"웃으면 피부도 젊게 만들고 기억력을 향상시켜 성공을 가져다준다고 하니 앞으로 많이 웃으세요?"

여기저기서 웃는 소리가 들렸다. 웃음은 옆 사람에게 전염이 된다고 한다. 영수는 옆방에서 미소를 지으며 부인들의 즐거운 표정을 보는 듯했다. 그도 덩달아 웃음이 절로 나왔다. 말 그대로 꼬치 친구 모임의 부인들이라 자주 듣는 목소리지만 오늘따라 한결 명랑하게 들려 왔다.

영수는 정우의 부인 최 여사와 이십 대에 같은 직장에서 지냈다. 영수가 사회에 첫 진출한 1975년대 당시는 잘살아보자고 새마을 운동이 한창일 때였다. 첫 직장에서 삼만 원의 월급이 약하여 보수가 조금 나은 곳을 찾다가 사원모집 광고를 보고 찾아간 D회사에 합격하고 서울에서 한 달 보름 교육을 받고 내려왔다. 처음 부임을 했을 때 사무를 보고 있는 긴 머리에 예쁜 여직원이 있었는데 바로 최 여사였다. 밤낮 휴일도 없는 D회사이다 보니 하루 종일 얼굴을 마주하며 지냈다. 금융회사여서 돈을 만지는 스트레스를 풀기 위해 동료들과 같이 술 마시는 시간이 많기도 하였지만 특히 영수는 몸이 아파 갈등하고 방황하며 술을 많이 마셨다. 한번은 술에 취해 경찰서로 붙들려가 낡은 소파에서 자고 있을 때였다. 아침에 깨어날 때쯤 최 여사가 찾아왔던 적이 있었다. 처음에는 어떻게 알고 찾아 왔는지 궁금했지만 경찰서에서 회사로 연락이 가고 그 연락을 받고 최 여사가 찾아 온 것이었다. 그때 영수의 눈에 비친 최 여사는 천사나 다름없었다. 일요일도 찾아 쓰지 못하는 근무 환경이라 하기휴가 때면 같이 등산을 다니기도 했다. 동료들과 일박할 야영장에서 비를 맞아가며 삽으로 고랑을 만들고 하여 텐트를 치기도 했다. 때로 영수와 최 여사는 일찍 일과를 마치는 날이면 탁구장에 놀러 갈 때도 있었지만 대개 직장에서 근무하는 가운데 같이 지낸 사이였다. 당시 자연 회사에서는 동료들과 사내커플이 많았는데 시간을 낼 수 없는 근무 환경 탓이 컸다. 이제 영수는 벌써 추억을 먹고 사는 나이가 되어 과거를 떠올리고 있었다.

정 여사도 영수가 수입대체 부품을 생산하는 업체에 다닐 때 주거래 은행의 창구에서 근무하고 있었다. 정 여사는 은행 업무를 하던 영수의 업무를 보아주곤 하였다.

삶에서 가치 있는 것은 눈에 보이지 않았다. 여기에 있는 맑은 공기, 시간, 그리고 지나간 옛날의 추억, 그리고 마음, 또한 방을 건너오는 웃음은 눈에 보이지 않았지만 영수는 바다와 같이 잔잔한 시간, 맑은 공기, 부인들의 웃음을 가슴에 담고 있었다.

"바다의 물이 많이 빠졌네. 물이 쏜살같이 빠져나가네."

"물이 쭉쭉 빠지네. 5시부터 고기 잡는다고 안 하더나?"

강 여사의 말에 이번에는 최 여사가 말을 받는다. 영수는 부인들의 말을 남김없이 귀에 쓸어담고 있었다.

강 여사는 남편인 '달모임' 회장인 달수와 어제 있었던 일을 부인들에게 털어놓았다. 어제 달수가 사업상 만난 손님과 새벽 3시까지 술을 마시고 들어왔다. 강 여사가 "내일 거제 체험장 가야 하는데 회장이 그렇게 술을 마시고 들어오면 어떻게 하나?" 닦달했더니 달수가 정색하며 대꾸했단다. "시끄럽다, 조용히 해라. 거제 체험장에 안 간다. 니나 갔다온나." 해서 강 여사가 "이게 당신 계지 내 계여, 내가 왜 가?" 반문하였더니 달수가 "당신이 조용히 하면 당신이 거제에 가는 게 조용히 하는 것이야." 했단다. "당신이나 거제에 가라던 양반이 여기 와서는 잘 왔다고 연발하네." 면서 강 여사는 덧붙여 말했다.

"하기야, 술을 마시고 들어와 마누라 잔소리 들어야 하는 가정에서 이탈하여 친구들과 같이 어울려 자연 속에 들어왔으니 잘 왔지."

달수와 강 여사 부부는 거제 어촌 체험장에 와서 제대로 힐링을 하고 있었다. 부부는 여기 왔을 때부터 "여기 잘 왔다."는 말을 입에 달고 다녔다.

강 여사는 부인들과 쉼 없이 웃음의 연발이었다. 둘이 집에 있었으면 어떻게 되었을까. 영수는 달수가 강 여사와 결혼 전 연애할 때 그를 집에 초대해 놓고 심하게 싸우던 것이 기억이 났다. 여기 오지 않았다면 집에서 얼마나 무가치한 일을 놓고 다투었겠나 하는 생각이 들었다.

최 여사와 부인들이 웃고 즐기며 고스톱 치는 소리가 들린다.

"언니 좋아하는 거 알지예, 그것 내이소."

"와 귀신이다. 한 장씩, 한 장씩, 어 좋다. 감사합니다."

"고도리 내가 접수하겠습니다."

"엄마야! 쌌다."

그녀들이 한동안 재미있게 고스톱을 치다가 얼마 있지 않아 강 여사가 고스톱 치기가 싫어진 모양이었다.

"나는 고스톱은 1시간 이상만 치면 머리가 아파 못 치겠다. 산책이나 하러 가자."

강 여사가 고스톱을 치다가 밖으로 나갔다. 얼마 안 있어 나머지 고스톱을 치던 부인들도 우리도 산책을 가자며 모두 밖으로 나가는 소리가 들렸다. 미소만 보고 있어도 뇌에서 도파민이 분비되어 상대에게 더 다가가고 싶은 마음이 생긴다는데, 그렇게 웃음이 넘쳐흐르던 방이 금새 조용해졌다. 영수는 혼자가 되었다. 영수도 적어가던 메모지를 덮어 윗목에 챙겨 놓고 밖으로 나왔다.

전망대에서는 친구들이 모여 앉아 웃고 즐기며 카드놀이를 하고 있었다. 영수는 카드를 하는 친구들 옆으로 다가서다가 멀리 바다로 시선을 던졌다. 그렇게 한참 넘치는 웃음으로 고스톱을 치던 부인들이 어느새 갯가로 내려가 조개를 잡고 있었다. 잔잔한 바다와 여인들의 조개 잡는 모습이 조화를 이루어 한 폭의 그림처럼 보였다. 영수는 그 그림 속에 들어가고 싶어 전망대에서 내려가 풍경 속으로 들어갔다.

영수가 바다로 내려가 부인들을 둘러보니 모두들 열심히 굴을 따고 있었다. 호미로 바위에 붙어 있는 굴을 떼어 내어 바구니에 담고 있던 최 여사는 딴 굴을 바구니에 담으면서 싱싱하니까 날 것을 먹어도 된다며 바닷물에 씻어 먹었다.

영수도 굴을 하나 따서 돌로 껍질을 깨고 하얀 속살을 꺼내어 바닷물에 씻고는 "생굴은 초장에 찍어 먹어야 하는 거 아닌가?" 하며 맛을 보았다. 바다의 향긋하면서도 짠내가 물씬 풍겼다.

그녀들도 여기는 청전해역이라 그냥 먹어도 될 것이라고 하면서 서로가 생굴을 따서 바닷물에 씻어 먹었다.

그렇게 잠시동안 굴을 따 모은 것이 가져간 들통에 가득 차자, 부인들은 이제 호미로 갯벌에서 조개를 캤다. 영수도 꽃삽으로 게의 생태를 보고 싶어 게 구멍을 파고 들어갔다. 그러나 게가 거주하는 집은 복잡하여 게를 잡기란 힘들었다. 안으로 파고들어 갈수록 게 집이 넓어지고 여러 갈래의 길이 나왔다. 필시 자기 생명을 지키기 위해 퇴로를 만들어 놓은 것 같았다. 미로처럼 지어진 게 집을 보고 더 이상 잡기가 불가능할 것 같았다. 게 하나만 보아도 생명체의 생존을 위한 설계 본능에 대해 놀라지 않을 수가 없었다. 영수는 게 잡는 것을 포기하였다. 영수가 열심히 갯벌을 파고 있는 것이 궁금했는지, 최 여사가 다가와서 물어 보았다.

"영수 씨! 뭐하세요?"

"그냥 게를 잡을까 싶어 찾아보니 게 집이 생각보다 복잡해 포기했습니다."

"게도 많고, 조개가 많이 잡히니 재미있지요?"

"조개를 잡는 것보다 이십 대에 만나 환갑을 바라보는 나이의 친구들과 웃고 즐길 수 있다는 것이 더 재미있네요."

영수는 최 여사와 같이 웃으며 인생은 삶의 체험이라고 어촌 체험은 정말 재미있다고 말했다. 영수와 좀 떨어진 곳에서 최 여사와 같이 조개를 캐던 정 여사가 굴이 가득 담긴 들통을 가리키며 큰 소리로 말했다.

"영수 씨! 저기 있는 들통을 숙소로 가져 가세요!"

영수는 정 여사의 말대로 들통을 들고 숙소가 있는 곳으로 올라가면서 흰 수건을 머리에 두르고 텃밭을 가꾸고 있는 아주머니를 보았다. 아주머니가 있는 밭 아래는 옥수수 밭이 있고, 그 옆의 고추밭에는 참깨가 같이 심어져 있었고, 옆의 고추밭 아래에는 논이 있었다. 영수는 보물을 찾듯 엎드려 밭을 한참 가꾸는 아주머니에게 다가갔다.

"아주머니 농사를 많이 지으시네요. 먹는 것은 여기 농사만 하여도 충분히 자급자족이 되겠네요."

그를 힐끗 본 아주머니가 허리를 구부리고 일하던 허리를 펴고 햇볕에 검게 탄 얼굴을 보이면서 영수를 향해 말했다.

"여기는 육고기만 있으면 모든 음식은 자급자족이 되지요."

토지는 콩 심으면 콩이 나고 감자를 심으면 감자가 나는 곳이었다. 산업사회 이전의 생산수단은 오로지 토지였다. 국가 간의 전쟁도 생산수단인 토지를 확보하기 위해서가 아니던가. 산업혁명후 생산수단이 기계화되고, 인간까지 기계화되어 가고 있다. 도시는 복잡한 기계처럼 얽혀 있는 삶의 전쟁터이다. 사람들은 도시 생활의 스트레스를 훌훌 벗고 노력한 만큼 돌려주는 땅과 같이 살고 싶어 한다. 그러나 그것은 가족의 생계를 해결할 수 있을때의 일이었다. 육고기만 있으면 먹을 것이 다 해결된다는 말이 전원의 생활을 동경하는 영수의 가슴을 울렸다. 영수는 고개를 들고 있던 궁금증이 있어 다시 물어보았다.

"바다에서 굴 농사는 일 년에 한 번만 짓나요?"

"굴 파종은 봄철에 하였다가 가을이면 알이 차서 거두어들입니다."

영수는 어쩌면 벼농사나 바다농사나 농사는 똑같다고 생각하며 말을 튼 김에 또 물어보았다.

"여기서 캔 생굴은 먹어도 되는가요?"

아주머니는 호미질하던 동작을 멈추고 걱정이 된다는 얼굴로 영수를 빤히 바라보며 말했다.

"가을철이나 겨울에는 괜찮은데 여름철에 생굴을 먹는 것은 위험합니다. 요즘 텔레비전도 보지 않나요?"

영수는 염려하였던 것을 아주머니가 말해 주어 조개를 잡고 있는 친구 부인들에게 큰 소리로 말했다.

"생굴을 먹으면 안 됩니다. 아주머니가 그러는데 생굴은 가을이나 겨울철에는 괜찮아도 여름철에 먹는 것은 위험하다니 먹지 마세요!"

부인들은 알아들었다며 손을 흔들어 주었다.

영수가 친구들이 있는 곳으로 올라왔을 때 친구들은 삼겹살에 소주잔을 기울이고 있었다. 달수가 "영수야! 여기 소주 한잔해라."며 소주잔에 술을 따라주었다. 영수는 생굴을 먹은지라 반가웠다. 얼른 소주잔을 받아 마시고, 선일이가 주는 삼겹살 한 점을 씹었다. 한 잔 술과 삼겹살이 미각을 자극하며 목으로 넘어가는 것 같았다. 영수는 방금 굴을 먹었기 때문 소독을 해야 한다고 소주 한 잔을 더 마셨다. 고추를 초장에 찍어서 먹고 있을 때 '달모 암'회장 달수가 "친구들아! 이제 고기 잡으러 간다니까 내려가 자."고 말하고 앞장을 섰다.

친구들은 아쿠아 신발을 신고 어촌 체험 준비를 하고 내려갔다. 영수는 "갯벌에서 조개를 잡고 있는 부인들이 생굴을 따 먹었다." 말하고는, 소주를 마시고 소독을 해야 한다며 소주병과 종이컵을 들고 내려갔다. 부인들이 있는 곳에 가서 왼손으로 소주병을 잡고 오른손으로 종이컵을 내밀면서 말했다.

"자! 굴을 먹은 사람들은 소독을 하세요."

영수의 말에 부인들은 모두 생굴을 먹은 것이 맘에 걸렸는지 너도 나도 번갈아 가며 소주잔을 받아 마셨다.

선장은 갯벌에 모여 있는 친구와 부인들에게 배를 타러 가자고 앞장서서 선착장 있는 곳으로 데려갔다. 갯벌을 지나 선착상으로 가서 배에 올라타면서 말했다.

"2조로 나누어 한 조는 여기 남아서 밧줄을 당겨야 하고, 한 조는 배에 타서 밧줄을 당겨야 하니 한 조는 배를 탑시다."

영수는 '달모암' 회장 달수가 부인의 손을 잡아주고 배에 오르는 것을 보고, 고기를 잡는 체험에 호기심이 가득하였으므로 배에 올라탔다.

선장은 그물을 푸는 법을 가르쳐 주고는 기관실로 들어가 엔진을 걸었다. 엔진 소리가 요란하게 들렸다. 선장은 배가 움직이면 그물을 풀라고 하였다. 선장은 밧줄을 천천히 던지면 된다고 하면서 배를 앞으로 천천히 몰아갔다.

친구들은 잘 정리해 놓은 그물 윗부분의 밧줄과 아래 부분의 밧줄을 같은 동작으로 동시에 바다를 향해 던졌다. 승우는 밧줄이 풀리는 대로 밧줄을 바다에 던지면서 어느 직업이든 노하우가 있다고 생각했다. 바다에 던져진 그물은 스스로 풀리어 바다로 미끄러져 내려갔다. 배는 항아리 모양으로 그림을 그리며 그물을 치고 있었다. 친구들이 탄 배가 갯벌에 가까이 갈수록 그물은 많이 풀렸고, 갯벌에서 밧줄을 당기는 조에서는 열심히 밧줄을 당기고 있었다.

갯벌에서 밧줄을 계속 당겨야 하는 친구들이 모두 허리를 구부리고 바다에 발을 버티고 당기는 것을 보니 힘이 많이 들어 보였다. 배에 올라 밧줄을 다 풀고 밧줄의 끝부분만 잡고 있는 친구들은 미안한 생각이 들어 눈치를 보며 "영차, 영차," 외치면서 밧줄을 열심히 당기는 척 하였다. 어느덧 출발한 곳으로 가까워질수록 항아리 모양으로 그물이 쳐졌고, 선장은 모두에게 갯벌에 내려서 밧줄을 당겨야 한다고 했다.

영수는 반바지에 아쿠아 신발을 신었으므로 서슴없이 바다로 몸을 던져 밧줄을 당기었다. 강 여사도 바로 영수의 뒤를 따라 바다에 몸을 던졌다. 강 여사는 재미가 있는지 바지와 윗도리가 다 젖은 것도 잊은 채 열심히 밧줄을 당기었다. 새벽에 술을 마시고 들어온 남편의 몫까지 하느라고 온 힘을 쏟는 것 같았다.

선장은 그물을 끌어당길 때 요령을 일러 주었는데 한쪽은 위쪽을, 한쪽은 아래쪽을 당겨야 한다고 하였다. 영수는 아래 밧줄을 잡았으므로 바닷물에 몸을 반 정도 담그며 앉은자세로 그물을 당겼다. 친구들이 힘들게 그물을 당기는 것을 본 선장은 천천히 당겨도 된다고 했다. 영수는 힘이 들어가는 것보다 더 큰 소리로 영차, 영차 하면서 그물을 당겼다. 너무 재미가 있어 기분이 고조된 탓도 있었다.

얼마 있지 않아 드디어 그물의 마지막 부분이 드러났는데 물고기들이 그물 안에서 파드닥거리며 올라왔다. 선장은 그물에 걸린 물고기를 건져 내어 갯벌에 던지면서 모두들 물고기를 잡아 갯벌에 던지라고 하였다. 영수는 그물에 걸려 팔짝팔짝 뛰는 물고기를 잡으니 감촉도 좋았지만 물고기를 갯벌에 던지는 재미가 쏠쏠했다. 물고기는 그물에 머리가 걸려 빠져나가려고 발버둥치는 듯 파드닥거렸다. 아가미가 그물에 걸려 고통스러워 파드닥거리는 것 같은 물고기를 그물에서 풀어내려고 하니 쉽지 않았다. 그물에서 물고기를 조심조심 떼내어 육지로 던졌다.

그 순간 문득 물고기들도 살려고 하는 생명인데 고통을 주고 있다는 생각이 들었다. 영수는 친구들에게 "물고기 새끼들은 회를 해도 한 점도 나오지 않으니 새끼들은 크도록 방생해 주어야 한다."고 말하며 계속 놓아 주었다. 매운탕을 하면 맛있겠는데 잡은 물고기의 양이 적을 것 같다면서 작은 물고기도 같이 가져가자라는 친구도 있었다.

물고기 잡는 것 하나에서부터 사람의 욕망이 드러난다는 것을 느꼈다. 사업 욕심이 많은 강호는 물고기가 적게 잡혔다고 하였지만 영수가 느끼기에는 그만하면 적당할 것 같았다. 그러나 친구들은 부족하다면서 작은 물고기도 가져가면 매운탕은 얼마든지 가능하다며 우겨댔다.

친구들의 말에 선장은 물고기가 조금 부족할 것 같으니 다시 물고기를 잡으러 가자고 하였다. 영수는 어촌 체험을 하나라도 더하고 싶어 또 다시 달수와 강호와 같이 배에 올라탔다.

선장이 배를 몰아 하얀 스티로폼이 떠 있는 지점에 도착하자 친구들은 스티로폼에 걸려 있는 밧줄을 당겼다. 배는 밧줄을 따라 미끄러져 가고 있었다. 선장은 밧줄 중간마다 매듭을 해 놓았다. 선장이 매듭을 해 놓은 밧줄을 끌어올리자 통발이 올라왔다. 통발에는 물고기가 갇혀 있었다. 선장은 능숙한 솜씨로 통발을 윗부분에서부터 아랫부분까지 납작하게 하여 잡고는 뒤집어 털었다. 통발에 갇혀 있던 물고기가 배 바닥으로 떨어져 파드닥거렸다. 선장은 물고기를 다 털어내고 빈 통발을 다시 바다에 던져 넣고 다른 밧줄을 당겼다. 배는 밧줄을 따라 미끄러져 갔다. 밧줄을 잡고 가다 매듭을 해 놓은 밧줄을 건져 올리니 또 다시 통발이 나왔다. "해삼이 많이 잡혔네." 하면서 털어내는 선장을 따라 영수는 산에는 산삼, 바다에는 해삼이라고 해삼은 몸에 좋은 것이 아니냐며 귀한 것이 잡혔다고 좋아하면서 자신도 재미가 있어 통발을 열심히 털어내었다.

달수와 강 여사는 금방 통발에서 고기 잡는 것을 배우고는 선장과 같이 밧줄을 당겼다.

영수도 매듭이 나오는 곳의 밧줄을 당기니 통발이 나와 힘주어 끌어 올렸다. 통발 안에는 물고기가 갇혀 있고, 더러는 해삼, 오징어가 보이기도 했다.

선장은 영수가 통발에서 털어내는 오징어를 보면서 말했다.

"맛있는 오징어가 많이 잡혔군요."

강호가 건져 올리는 통발에서 큰 문어를 털어내는 것을 본 친구들은 탄성을 질렀다.

"와! 문어다!"

배는 통발을 찾아 계속 미끄러져 가고 영수는 계속 통발을 건져 올렸다. 볼락, 게르치, 도다리, 장어, 오징어, 문어 등 많은 종류의 고기와 때로는 고동까지 잡혀 있고, 불가사리만 있는 통발도 간혹 있었다. 빈 통발은 바로 바다에 다시 던지므로 시간이 걸리지 않았고, 고기가 많이 잡힌 통발은 계속 털어야 하니 시간이 꽤 걸리는 일이었지만 통발 터는 재미가 쏠쏠하였다.

영수는 배 바닥에 떨어지는 물고기 하나하나 주워 물통에 넣었다. 통발에서 털려나온 물고기를 물통에 담자 물고기들은 지느러미를 힘껏 움직였다. 물이 사방으로 튀었다. 배가 어장을 한 바퀴 돌며 통발에서 잡은 물고기가 어느 정도 잡혔다고 생각한 선장은 배를 돌렸다.

갯벌로 돌아와서 그물로 잡은 고기와 통발에서 잡은 고기를 합치니 물통에 가득 차 이정도면 충분할 것 같으니 돌아가자는 선장의 말에 숙소로 돌아왔다.

선장은 바다에서 갓 잡아온 물고기를 수돗가에서 바로 회를 얇게 뜨고 있었다.

달수와 강 여사가 회를 치고 있는 선장 옆에서 같이 거들고, 선일이, 강호, '달모임' 부부 계원 모두 회를 먹을 수 있도록 부르고, 상 주위에 둘러앉는 등 모두들 회 먹을 준비를 하느라 부지런하게 움직였다. 모두 열네 명의 회원들이 둘러앉아 있는 자리도 20여분 뒤 선장이 물고기 회를 접시에 담아 내놓았다. 상 위에는 미리 준비한 양념과 술로 가득했는데 덩달아 마음도 푸짐해지는 것 같았다. 도시에서 한 물통의 물고기 회를 사서 먹자면 여기에서 일박이일 어촌 체험 비용의 배 이상이 들 것 같았다. '달모임' 회장 달수가 수고한 선장에게 같이 술 한 잔 하자면서 합석을 권유했다.

달수가 선장을 보고 말했다.

"사장님, 이런 곳에 있으면 경치도 좋고 공기도 맑고 하여 건강에도 좋고, 살기도 좋겠습니다."

달수의 말에 선장은 이곳에 이사를 오게 된 사연을 이야기 하였다.

"여기 오신 분들이 마산에서 오셨다고 하였는데 저도 어릴 때에는 마산 월영동에서 살았습니다. 고기 낚는 것을 좋아하고, 분재 가꾸는 것에 취미가 있어 이곳에 왔습니다. 와서 보니 이웃도 좋고 하여 정말 잘 왔다고 생각합니다."

친구들은 모두 전원생활에 관심이 있어 이런 곳에 집을 한 채 사놓고 싶다고 하였다. 땅값이며 집값을 물었다.

"제가 들어올 때는 집값이 없었지만 지금은 꽤 올라 도시의 집값 반정도는 생각해야 합니다."

선장의 말에 회장 달수가 말했다.

"사장님을 만나고 보니 이렇게 좋으신 분인데 내가 전화할 때

왜 불친절하게 전화를 받았습니까?"

"이때가 되면 문의 전화가 너무 많이 와서 물어보는 말에 일일이 대답하기가 힘들어서 그럴 수밖에 없었습니다."

달수는 선장의 변명의 말에 이해가 간다며 선장과 친구들에게 술잔을 권하였고, 모두 웃고 즐기는 분위기가 되었다.

다들 만면에 웃음꽃을 피우며 여기에 잘 왔다며 너무나 좋다고들 했다. 친구들은 어촌 체험을 가자고 한 최 여사와, 장소를 알아보고 준비한 회장 달수, 그리고 음식을 준비한 강호에게 수고하였다며 모두 박수를 쳤다.

달모임 회장 달수가 친구들을 보며 말했다.

"친구들아! 잘살고 돈을 많이 벌어서 떵떵거리는 친구가 있을수록 더 좋겠지만 여기 모인 우리는 친구라는 자체만으로도 좋다는 생각이 든다. 오랜 기간 떨어져 있어도 서로 연락하고 어려운 것을 함께 도와주고 기쁨은 서로 나누는 그런 친구가 되자."

달수의 말에 강호가 말했다.

"어떻게 하면 잘사는 것인가? 물론 행복하게 살아야 하지만 행복은 몸에 배어야 할 습관이라고 하더라. 삶의 길에 깔려 있는 작은 기쁨들을 발견하고 즐기는 습관을 가진다면 행복한 시간을 더 많이 가질 수 있을 것 같다. 그래서 사람들은 모임을 많이 가지고 행복한 시간을 많이 가지려고 노력하는 것이 아니겠니?"

정우가 술 빛이 비치는 붉은 얼굴에 잠잠한 눈을 하고 친구들을 보며 거들었다.

"그래, 친구들 말이 맞다. 인간은 사회적 동물이라고 둘 이상만 모이면 조직을 만들려고 하는 것도 조직의 생활에서 이러한 행복한 경험을 할 수 있기 때문 아니겠나?"

친구들의 화기애애한 웃음이 어촌 체험의 밤을 환하게 밝혀 시간 가는 줄 모르고 지냈다. 어느새 밤 11시가 넘었다.

강호가 갯벌에 낙지 잡으러 갈 시간이라고 하자 선장도 시간을 깜박 잊고 있다가 시간이 많이 지체되어 "지금 물이 많이 들어왔을 텐데." 하면서 걱정스레 말했다. 친구들은 일단 내려가 보자고 물통과 플래시를 준비하고 갯벌로 내려갔다. 아닌 게 아니라 그동안 물이 다 들어와 갯벌은 보이지 않고, 바닷물만 일렁거리고 있었다.

강호가 문어가 야행성이라 플래시 불빛을 보고 기어 나온다며 플래시를 들고 방파제의 돌 사이 여러 곳을 비추면서 잘 보라고 하였지만 문어는 보이지 않았다. 친구들이 가지고 온 뜰채도 아무런 소용이 없었다. 친구들은 방파제에 묶여 있는 선착장 밑으로 가 문어를 찾다가 홍합이 달려 있는 것을 보았다.

강호는 홍합이 달려 있는 밧줄을 끌어 올려 친구들에게 보이며 말했다.

"문어는 없고 여기 홍합이나 따 가자, 여기 있는 홍합은 자연산이라 끓여 먹으면 시원하겠다."

친구들은 강호가 홍합 따는 것을 보고 모두 홍합을 땄다. 친구들은 문어 대신 홍합이 든 물통과 끌채를 들고 어두운 길을 플래시로 비추며 밭길을 지나 숙소로 올라왔다.

"낙지 많이 잡았나?"

달수는 친구들을 기다리고 있다가 물통을 들고 올라온 친구들을 보고 물었다. 강호는 달수 앞에 물통을 보이면서 말했다.

"여기 봐라 낙지를 한 물통이나 잡았다. 한번 봐라."

달수와 같이 있던 정 여사가 낙지를 한번 보자며 물통 안을 들여다보고 말했다.

"낙지가 아니라 홍합이네!"

강호는 정 여사에게 낙지가 보이지 않아 홍합을 따 왔다고 홍합을 넘겨주며 말하였다.

"정 여사야! 홍합을 끓이라. 술도 먹고 하였으니 국물을 시원하게 마시고 자면 좋다."

강호와 친구들이 술잔을 나누고 있는 사이에 다 끓인 홍합이 나왔다. 정 여사가 그릇에 덜어주는 홍합은 껍질을 벗고 황색 알몸을 드러내고 있었고, 하얀 국물은 시원하게 보였다. 정 여사는 홍합 국물을 마시면 속도 풀리고 좋다며 국물을 마시라고 탁자

위에 올려 주었다. 술을 마시던 친구들은 "아! 홍합 국물이 시원하겠다."라고 하면서 모두들 숟가락을 올렸다. 그들은 늦도록 담소를 나누다 새벽 2시가 넘어서야 자야겠다며 방으로 들어가 모두들 금방 잠에 골아떨어졌다.

이튿날 아침, 친구들은 다들 일찍 일어난 모양이었다. 다들 맑은 공기 속에서 즐겁게 지내다 보니 피로한 줄 모르고 지낸 모양이었다. 친구들은 싱그러운 풀 향기가 번져 나오는 전망대에서 바다를 보았다. 낙지잡이 체험을 하러 갔을 때 물이 가득 들어와 출렁이던 바닷물은 어디로 갔는지 갯벌이 알몸을 드러내고 멀리까지 물이 빠져 있었다.

"준비해 온 음식이 많이 남아 있으니 점심을 먹고 가자."

"달수야! 그럼 우리 어제 하던 카드놀이를 다시 하자."

회장 달수의 말에 승우가 카드놀이를 제안하였고 친구들은 카드놀이를 위해 자리를 폈다. 친구들이 둘러앉았다. 카드가 그렇게 재미나는지 여기 와서 계속 술에 카드놀이에 웃고 즐겼다. 영수는 혼자 그 자리에서 빠져나와 바다로 내려가고자 마당으로 나왔다.

마당에는 최 여사가 정원에 들어서서 쪼그리고 앉아 잡초를 뽑고 있었다. 정원에는 많은 분재와 곳곳에는 야생화가 피어 있었다. 선장이 정원을 제대로 해 보려니 힘들다면서 잡초를 그만 뽑고 쉬라고 했으나 최 여사는 하던 일을 멈추지 않았다.

"정원을 가꾸는 것이 재미가 있어서 그래요."

"사장님, 분재를 아주 잘 가꾸어 놓았습니다."

"그저 취미 삼아 가꾸고 있습니다."

선장은 영수가 물어보는 낯선 풀의 이름을 가르쳐 주었다. '세풀서기' '일엽초'라고도 부르는데 거담작용이 있어 약초로도 쓰이는 풀이라고 하였다. 지상의 일이란 아무리 박사라 하여도 경험을 하지 않으면 알 수 없다. 오히려 배우지 못한 사람이라도 직접 경험하면 박사보다 더 잘 알 수 있을 것 같았다. 정말 알고 깨달은 사람은 저 고요한 바다와 같지 않을까. 영수는 선장이 한 주먹 따 주는 '오디열매'를 하나씩 입에 집어넣으면서 정원을 한 바퀴 돌아보았다.

"선장님, 부자이시네요. 바다와 넓은 정원과 많은 땅을 가지고 있으니 말입니다."

"여기는 한 평 땅이라도 더 가지려고 아옹다옹 살아가는 도시보다야 그런 욕심을 가질 필요가 없으니까 좋아요."

선장은 쑥스러워 하며 대답했다. 영수는 생각해보니 과연 맞는 말이다.

"그러하네요. 지구의 삼분의 이가 바다이고 강을 생각하면 바다는 풍요로움이 있고 게다가 알지 못하는 신비스러움이 가득한 곳이란 생각이 듭니다. 그러니까 거대한 자연 앞에서 한 평의 땅을 가지고 다투며 살아가는 도시 사람들의 가슴은 좁아질 수밖에 없다는 생각이 드네요.”

선장은 영수의 말을 받아 말했다.

“여기 있으며 큰 욕심 없이 가슴에 바다를 담고 살아가니 가슴이 넓어질 수밖에 없어요.”

영수는 자기의 생각과 취미에 맞도록 거제를 선택하여 유유자적 살아가는 선장의 생이야말로 멋지다는 생각을 한다.

선장은 영수에게 담장을 타고 오르는 ‘오리방풀’과 정원수 ‘마사초’ ‘비파’에 대해 알려주었는데, ‘오리방풀’은 어린잎은 따서 나물을 해 먹으며 박하 향기가 있어 입맛을 돋운다고 하였다. 선장은 바다와 정원 안에서는 박사나 다름없었다. 경험한 만큼 사는 거라고 삶은 체험이라고 생각하며 선장과 최 여사와 영수는 야생화에 대하여 이야기를 한참 나누었다. 정우의 부인 최 여사는 이런 곳에 살며 좋겠다며 호미를 손에 쥔 채 일어서서 먼 바다를 바라보고 서 있었다. 바다 한 가운데 통통배가 흰 물살을 가르며 그들로부터 멀어지고 있었다.

어머니의 방

그는 얼마 전까지만 해도 어머니가 사용하고 계시던 방의 문을 천천히 열었다. 방으로 들어서자 훈훈하던 방이었는데 썰렁한 냉기가 느껴졌다. 잠시 적막 한가운데 우두커니 서 있었다. 차츰 시간이 지나자 서늘한 어둠이 서서히 물러나고 사물의 윤곽이 눈에 들어왔다. 그는 방 입구에 선채로 주위를 둘러보았다. 방 왼편 구석진 곳에는 지금은 사용하지 않은 낡은 재봉틀이 먼지를 덮어쓰고 있었는데 과거 어머니가 거의 매일저녁 자식들의 찢어지거나 해진 옷을 수선했던 기억이 있다. 앉은뱅이 재봉틀 옆으로는 무언가를 담은 비닐봉지가 놓여져 있고 문과 마주한 벽에는 조그만 검은색 자개장롱이 놓여있었다. 다가가 무릎을 꿇고 장롱을 조심스럽게 열었다. 맨 위 칸에 분홍색 보에 수의가 싸여 있었다.

그는 봇짐을 꺼내어 들고 어두움이 웅크리고 있는 방 구석구석을 둘러보았다. 눈물이 핑 돌았다. 어머니 체취가 묻어 있는 방을 벗어나려 하자 금방이라도 눈물이 나올 것 같았다. 그는 다시금 일어나는 슬픔을 삼키면서 달아나듯 밖으로 나왔다. 그는 수의를 안고 주차해 놓은 곳으로 힘없이 걸음을 옮겼다. 골목길을 걸어 나오는데 뒤에서 어머니가 애절하게 부르는 목소리가 들리는 것 같았다. "민아! 민아!" 환청일 것이다. 그때야 비로소 참았던 눈물이 볼을 타고 내렸다.

어머니를 찾아간 날은 12월 쌀쌀한 주말 오후였다. 어머니가 이불을 무릎까지 덮고는 머리에 두른 수건을 매만지며 앞에 앉아 있는 그에게 말했다.

"이 방은 외풍이 심해서 다른 곳으로 이사를 가야겠다."

어머니 머리에 두른 수건은 아마도 이제는 백발이 다된 머리카락과 근래에 부쩍 심해진 성긴 머리카락을 감추려는 것으로 보였다. 그는 한 발 당겨 앉으며 어린 아이에게 타이르듯이 말했다.

"어머니, 얼마 안 있어 구순인데, 어디 내일모레 죽을지 모르는 사람에게 방을 줄라 하겠습니까? 이런 곳이라서 나이가 있어도 주었을 것입니다."

그 일이 있고 며칠이 지났을까? 그는 어머니 곁에서 잠을 잤다.

추운 날씨라 외풍으로 누워있는 머리 쪽이 시리어 잠을 이룰 수가 없었다. 다음날 창문을 방풍제로 막아도 보고 대청마루 있는 곳에 알루미늄 샤시 문을 비닐로 덮어 보았다. 대청마루 샤시 문을 덮은 비닐이 바람에 가운데가 부풀었다가 꺼지곤 하여 테이프로 고정을 하고 비닐로 완전히 덮으니 조금은 바람이 차단되고 방안에 훈기가 돌았다. 그는 그런 사실을 미처 몰랐기에 얼마 전에 따로 전기난로를 사준 적이 있었다. 그러나 어머니는 전기요금이 많이 나온다고 자식에게 부담을 줄까봐 사용하지도 않고 늘 한 벽면에 밀쳐놓았다.

 간혹 그가 찾아가면 어머니는 "민아! 왔나." 하며 자리에서 일어나 별로 훈기는 없지만 따뜻한 자리라며 아랫목을 권하고는 했다. 그는 어머니를 찾을 때마다 수시로 배와 복숭아 사 가지고 갔다. 평소 어머니는 좋아하는 과일인데도 어머니는 그조차도 자식과 같이 먹기 위해 부엌에서 접시를 가지고 나와 과일을 깎아 내놓고는 했다. 그날도 그는 과일을 포크로 찍어 어머니에게 권하며 잠시 안부를 묻고는 바쁜 표정으로 자리에서 일어섰다. 그는 1시간을 같이 앉아 있지 못하고 벽에 걸어두었던 윗도리를 걸치면서 회사에 나가봐야 한다고 말했다. 어머니가 아쉬운 표정으로 입을 열려다가 그쳤다. 그는 그런 어머니의 마음을 알고 있는 듯 말했다.

"섭섭하겠지만 가봐야겠어요. 집에서 노는 사람도 아니고 회사에 매여 있는 사람이니 일하러 가야지요?"

어머니는 그의 마음을 읽었는지 말꼬리를 낮추며 기어 들어가는 소리로 말하였다.

"그래 어서 가보아라. 내가 사람이 그리워서 안 그러나?"

사람이 그립다는 것은 옆에 사람이 있었으면 하는 말이었다. 그와 같이 있는 시간이 짧아 못내 아쉬워하며 그의 마음이 상하지 않을까 싶어 어머니는 뒷말을 잊지 않으신다.

"이 에미는 너를 보면 든든하다."

자식의 정이 그립다는 것이지만 어머니는 세월의 흔적이 완연한 주름을 보이며 미소 지었다. 아들은 어머니 가슴을 쓰다듬지 못하는 미안한 마음을 개꼬리모양 감추고 방문을 나섰다.

"어머니, 저 갑니다."

그는 차마 발이 떨어지지 않았다. 그래도 일을 하러 가야 했다. 어머니는 이내 포기해야 하는 것을 알고 "그래 조심해서 가거라!"며 말했다.

어머니 이름은 변분순이다. 어머니는 1916년 10월 29일에 경북 달성군 옥포면에서 아버지 변임칠과 어머니 나원이의 8공주 중 7녀로 9남인 양자가 대를 이었지만 할아버지가 고을 원님으로 지낸 유복한 가정에서 태어났다. 그러나 어머니의 인생역정은 너무 파란만장하였다. 일제강점기에는 대한민국의 독립운동을 하였다, 그 뒤 강대국 사상분쟁에 휩싸인 얼간이들이 형제의 가슴에 총을 들이대는 6·25전쟁의 소용돌이에서는 역사의 희생양이 되었다. 뒤에 친척들에게 들은 바에 의하면 어머니의 첫 남편은 삼십 대 젊은 나이에 군수를 지낸 엘리트였다. 의식 있었던 남편은 반일 항쟁중인 독립군을 도와주다가 밀고를 당했다. 그 뒤에는 어머니까지 일제 식민지하에서 독립군에게 운동자금을 건넸다는 명분으로 남편과 함께 심한 고문을 당하였다. 어머니는 가끔 사람은 의리와 도덕이 있어야 한다고 말했다. 또한 왜놈 형사들이 하는 고문은 너무 지독하다고 했다. 사람을 거꾸로 매달아 놓고 물을 먹이면서 고문을 하고, 고춧가루를 먹이고, 손톱을 뽑고 하면서 고문을 했다고 하였다. 6·25가 터지자 첫 남편은 공산주의자라며 제대로 된 재판절차도 없이 사형을 당하고, 어머니는 다행히 풀려났지만 공안당국의 고문으로 인해 그 뒤 다리를 제대로 쓸수가 없었다. 그래도 살아야 한다고 마음을 굳히고 개가한 곳이 지금의 아버지였다. 아버지에게 시집을 올 때 다리를 쓸 수가 없어 소달구지에 실리어 개가하였다고 하였다. 그와 형은 배다른 형제였는데, 형수는 어머니가 아버지에게 첫 시집 왔을 때의 일을 말해 주었다. 어머니가 얼마나 고문을 많이 당했으면 피해망상증에 걸려 방에서 이불을 뒤집어쓰고 떨고 있었을 뿐 문밖으로 나오지 않았다고 하였다. 덕분에 형수가 집안일을 다했다고 투덜거리기도 했는데 나중에 어머니 앞에서도 그 이야기를 하였다. 그때 어머니의 마음은 어땠을까? 어머니가 입은 피해망상증의 영향이 세대를 건너 아들에게까지 이어졌다.

그날은 생각하기도 싫은 어느 순간이었다. 따뜻한 햇살 아래 풋풋하게 돋아나는 푸른 나뭇잎들과 만개한 꽃 사이로 나비와 벌이 활개 치는 봄이었다. 그는 고1 학도호국단 복장으로 봄 소풍의 포근함을 안고 돌아와 대청마루에 앉아 있었다. 방 안에서 들려오는 어머니의 목소리는 언성이 높아져 있었다. 그에게 하는 말이었다.

"사지 않아도 될 수통을 사다니 어리석은 놈 차라리 나가 죽어라."

꽹과리를 치듯 계속 울려댄다. 봄소풍을 갈 때 학도호국단 복장에 수통을 사야한다고 하여 어머니를 졸라서 수통을 샀는데 누나가 동생이 다니는 학교에서 봄 소풍을 가는 것을 보고 수통 없이 소풍가는 학생도 있더라고 어머니에게 고자질하였고, 없는 살림에 돈을 낭비하였다는 것이었다. 더구나 어머니와 합세한 아버지까지 그에게 야단을 쳤다. 그는 조선시대 여인의 한풀이 대상이었던 다듬잇돌이 눈에 들어왔다. 매를 맞을 대로 맞아도 끄떡없는

다듬잇돌이었다, 그가 운동을 할 때 바벨 역할을 한 다듬잇돌이었다. 다듬잇돌 옆에는 하얀 종이에 주의사항 같은 것을 깨알같이 적은 비닐봉지가 비쭉 나와 있었는데 당시에 민가에서 흔했던 쥐를 잡기위해 정부에서 보급한 쥐약이었다.

그 순간 그 약을 먹으면 부모님의 잔소리와 가난, 그밖에 괴롭히던 것으로부터 벗어날 수 있으리라는 생각을 했다. 그러나 생사는 신의 소관이었다. 그에게 남은 것은 하늘이 준 육신을 훼손하려 한 죄로 일생 소화불량과 두통의 고통에 시달려야 했다. 그는 당시 학교에서 공부를 잘한다는 소문이 마을에 퍼져 어느 부잣집에서 고시공부까지 학비를 대 주겠다는 사람이 있었지만 몸이 아파 학업을 이어갈 수 없었다. 직장생활도 힘들어서 항상 머리가 아프고 소화력이 약해 일을 하다가도 머리가 아프면 숙직실 같은 곳에 누워서 배를 만지고 조금 나아지면 다시 일을 하였다.

다행히 사회 첫 발을 디딜 때 좋은 상사를 만났다. 검은 결재판을 들고 결재를 올리면 박 부장은 대충 살펴보고는 당시 유행하던 목도장을 꼭 찍어주면서 "자네, 머리가 잘 돌아간다."고 칭찬을 아끼지 않았다. 그 뒤 울릉도에 있었던 계열사 세무감사를 갈 때도 동행을 했는데 마침 어빙 7호 태풍이 불었고 박 부장과 섬에 갇혀 열흘간 머물면서 많은 추억을 쌓았다. 박 부장의 글씨체는 그에게는 황희지 글씨체로 보였다. 그가 지금 쓰고 있는 글씨체도 당시 박 부장의 글씨체를 모양낸 것이다.

그와 반대로 항상 이마에 고민의 흔적인 내천(川)자를 그리며 매사에 까다로운 상사 밑에서 근무를 한 적도 있었다. 결재를 올리는데 조금이라도 틀린 곳이 나오면 자기도 일 배울 때 그렇게 배웠다며 어딘지 찾아보고 수정하라고 하면서 결재판을 바닥에 던지는 것이었다. 그는 직장의 냉정함을 알고는 허리를 굽혀 바닥으로 흩어진 서류를 주워 담으며 굴욕을 참고 견뎌야 했다. 서류 중에서 합계 잔액 시산표라는 것이 있었는데 금액이 일원이라도 틀리면 일원이 일억 원보다 크다고 밤잠을 못자더라도 찾아내도록 했다. 약한 사람을 밟으려는 상사를 볼 때면 그는 상사가 되더라도 아랫사람에게 이렇게 해서는 안 되겠다는 다짐을 했다. 그런 가운데도 그를 따라다니며 괴롭히는 아픔에서 벗어 날 수 없었다. 병원에 가면 의사가 가슴에 청진기를 대어보고, 엑스레이를 찍어 보아도 뚜렷한 병명이 없자, 단지 신경성 위염이라 진단하였다. 어머니는 그러한 아들을 보면서 더 나이 들기 전에 손수를 보고 싶다며 재촉하기도 했다.

"총각 때 아픈 사람은 결혼을 하면 낫는다고 하니까 결혼을 해라."

그는 정말 그럴지도 모른다고 생각했다. 같은 회사에서 일하는 형이 소개한 처녀의 집에서 선을 보았고 운명적으로 결혼까지 하였다. 결혼을 하고나니 어머니에게는 하나뿐인 아들로, 처가에는 세 명의 딸 중 유일한 셋째 사위로 귀한 몸이 되어 있었다. 운명치 곤 얄궂은 운명이었다. 이제 마음대로 죽을 수도 없는 처지가 되고 말았다. 그는 병명이 제대로 나오지 않고 몸이 아파 하소연할 곳이 없을 때는 어머니를 찾아가 원망하였다.

"어머니 때문에 이렇게 아프고 말라 사회생활도 제대로 할 수 없어요. 어머니가 날 이렇게 만들었어요. 어머니가 조금만 자식을 위해 따뜻한 사랑을 주었더라면, 어머니가 책을 많이 읽고, 조금만 더 지혜롭고 현명하였더라면, 저는 이렇게 되지 않았을 거예요. 자식에게 어머니 교육이 얼마나 중요한 것인지 이제 알았어요."

어머니는 아들에게 종합건강진단, 한약, 조약을 다 써 보았다. 그래도 낫지 않으니 귀신병이라고 무당을 데리고 왔다. 무당은 그를 쪼그리고 엎드려 있게 하고 온몸을 휘저으며 휘두르던 칼을 대문을 향해 던지더니 병이 나을 것이라 하였다. 그러한 방법도 아무런 소용이 없었다. 그러다가 어머니가 그가 써 놓은 일기장을 읽게 된 모양이었다. 어머니는 그가 아픔으로 고통스러워하는 원인이 당신에게도 잘못이 있었다는 것을 알고 속으로 눈물을 많이 흘렸다.

어머니는 아들이 찾아가면 아들이 왔다고 온 정성으로 밥을 차려 주었다. 아들은 밥을 몇 숟가락 뜨다 말고 상을 물리었다.

"어머니, 밥이 안 넘어가 더는 못 먹겠어요."

어머니는 밥상 앞에 바싹 다가앉아 명란젓을 젓가락으로 집어 밥 위에 놓아 주었다.

"에미가 차려 준 성의를 보아서라도 몇 숟가락 더 떠라. 이 맹랑 젓하고 먹어봐라, 밥이 잘 넘어갈끼다."

그는 밥이 모래알 씹는 것 같아서 못 먹는 것도 모르고 자꾸만 명란젓을 젓가락으로 집어 밥 위에 올리는 것을 보고 화를 내며 상을 멀찌감치 밀어 놓았다.

"왜, 못 먹겠다는 사람에게 자꾸 밥을 먹으라 해요?"

어머니는 더 이상 권하지 못하고 상을 치우면서 말하였다.

"너 어릴 때 창자에 거지가 들어앉았나, 밥을 우이 자꾸 먹을라 카노, 하고 꾸짖고 했을 때 그때가 좋았던 것 같다."

"예. 그때가 좋았지요. 몸만 안 버렸으면 지금은 그때보다 더 먹었을 것 같습니다."

어머니 주름진 두 눈이 자책하는 듯 우수에 젖어 말했다.

"지금껏 네가 쥐약을 먹었다 해도 거짓말인 줄 알았지 진짜 먹은 줄은 몰랐다. 처음에는 못 믿었는데 네가 써놓은 일기장을 보고 알았다. 누나가 그 일기장을 보고 눈물을 얼마나 흘렸는지 모른다. 내가 네 신세를 망치게 했구나."

얼마 있지 않아 어머니는 속죄인 양 탕약을 지어 약탕기에 넣고 끓여 주었다. 펄펄 끓는 탕약을 천에 붓고는 두 손으로 짜내었다. 아들의 아픔을 두 손으로 다 짜내고 싶은 것이었을까? 많은 탕약을 혼신으로 짜는 것을 보고 손이 뜨거운 물에 데어 상하지 않을까 염려스러웠다. 탕약을 몇 재를 먹었는가. 그러나 먹을 때는 조금 좋아지는 듯 하였지만 약을 끊으면 별 효과가 없었다. 그런 가운데도 어머니가 아들에게 거는 기대는 계속 자라고 있었다.

"남자가 여자한테 쥐여 살면 되나, 부모 먹여 살린다고 힘들끼가. 가족을 굶기는 것도 아닌데 왜 큰소리 못 치노? 남자가 가정을 쥐고 살아야지 쥐여 살면 쓰나?"

아들은 어머니가 탕약을 짤 때 같은 저 마음을 어떻게 달랠까, 아들이 현재의 아픔에 대하여 어떻게 이해를 구할까, 생각하며 말했다.

"이렇게 비실거리고 아무 힘도 없는데 내가 남자 구실을 할 수 있습니까? 무엇을 가지고 큰소리치면서 살 수 있습니까? 아내가 그런 남편과 같이 살아주는 것만 해도 고맙다고 생각해야지요."

어머니는 전형적인 조선 여인이었다. 식구들이 보리밥을 고봉으로 밥그릇에 담아도 쌀밥 한 덩어리는 꼭 아들의 밥 안에 넣어 주었다. 평생을 바라며 살았던 그 아들이 힘없이 사는 것이 적잖이 마음에 걸리는 모양이었다.

"그래도 썩어도 돔이고, 죽어도 남자라고, 남자인데 사나이가 어떻게 여자에게 쥐여 살아가 되나. 제발 어깨를 쫙 펴고 남자답게 살아라."

그는 귀에 딱지가 붙은 어머니 잔소리를 또 들어야 하나 싶어 칼로 무를 자르듯 단호하게 말하였다.

"어머니, 저에 대한 기대는 하지 마세요. 이런 몸으로 무엇을 한단 말입니까? 억울하기는 본인이 더 억울합니다. 한순간에 이런 약한 몸으로 슬픈 운명으로 살게 될 줄을 누가 알았습니까?"

어머니는 더 이상 할 말을 땅에 묻어 버리고 만다. 그것을 지켜보는 그의 마음도 편치 않았다. 어머니는 그런 아들의 마음을 짐작하듯 말했다.

"너 소화 안 되고 머리 아픈 것 내도라. 너 대신 내가 아플 수 있으면 좋겠다. 그때가 언젠데 잘못 되었으면 벌써 죽었지. 별 이상 없으니까 병원에 가도 병이 없다 하지."

후회해도 엎질러진 물이었다. 어머니에 대한 증오는 계속 머리에서 맴돌았다.

"어머니, 그런 소리 하지 마세요. 병이 없다면 이렇게 아프겠어요? 많이 아플 때면 차라리 태어나지 않았으면 할 때가 있어요."

아들의 원망 앞에 어머니는 더 말을 잇지 못했다.

그는 수시로 목욕탕에 갈 때면 전신거울에 비치는 자신의 얼굴을 자세히 보았다. 언제나 시든 배추 같은 노란 얼굴이었다. 때밀이타월로 다리에 때를 밀었다. 숨이 차고 힘이 없었다. 이러다 시름시름 죽는 것인가. 하루는 머리가 아프고 소화가 되지 않는다고 호소할 때 아내가 친구 남편이 두통이 심했는데 단식으로 나았다며 단식을 권하였다. 그는 병원에도 아픔을 알지 못하니 마지막으로 단식을 해 보기로 하였다. 그는 물만 마시고 단식원으로 출퇴근하면서 마른 팔, 다리로 겨우 걸어가며 단식을 하였다. 그런데 단식을 마치자 힘이 생겼다. 몇 번의 단식은 건강을 가져다주었고, 어머니를 향한 생각도 달라졌다. 어머니가 산고의 고통으로 낳아 성인으로 키워주었으면 운명이란 스스로 선택한 것이었다. 불효한 아들로서 어머니가 웃는 모습을 본 것이 몇 번이었을까 생각하니 마음이 아팠다.

같이 외식을 하자고 분식점 식당에 가서 우동을 먹을 때였다. 어머니는 식당 의자에 앉자마자 아들에게 수저며 젓가락을 챙겨주시며 만면에 미소를 띠었다.

"내, 외식하는 것을 좋아 안 하나?"

어머니는 우동이 나오자 김이 모락모락 나는 우동을 훌훌 맛있게 먹었다. 그 모습이 어린애 같아 보였다.

"이 식당에 우동을 어찌 이리 잘 하노. 참 맛있다."

국물 한 방울도 남김없이 냄비의 노란 바닥만 남겨놓고 다 먹었다. 자식과 외식하는 것을 그렇게 좋아하시던 어머니와 같이 외식한 깃이 몇 번이었을까?

벚꽃 구경을 가서 "세상에 이리 좋은 곳이 있었네! 꽃이 어찌 이리 예쁘노!" 하시던 어머니를 모시고 다닌 게 몇 번이었을까?

그는 단식으로 건강을 관리할 수 있게 되고부터 연세 많은 어머니를 모셔야 한다고 아파트로 가자고 하였다. 그럴 때마다 어머니는 말했다.

"혼자 밥을 해 먹는 게 마음이 편하다. 내 입맛대로 반찬도 만들어 먹을 수 있고. 그래도 동네 사람이 너보고 효자라 안 하나? 동네 사람들이 너보고 잘 생겼다고 하니 자식 얼굴이 어머니 얼굴 아니겠나? 내가 어떻게 너 같은 아들을 낳았는가 싶어 자랑스럽다. 너 같은 효자 아들이 있어 이렇게 동네 사람들한테 대우를 받고 그렇게 산다. 요새는 자식들이 많이 있어도, 나이든 부모를 서로 모시지 않으려고 하여 혼자 사는 노인네들이 안 많나? 세상이 그러니 세상대로 살아야지. 혼자 있으면 억지로라도 운동을 하니까 건강하게 지낸다."

어머니는 아들이 있어 위안이 된다는 말이지만 얼굴은 예전 같지 않게 수척해져 있었다.

"어머니 가을 날씨하고 나이 많은 사람하고는 내일을 알 수 없다 안 합니까? 나이가 구십 줄에 있는데 언제 아플지 모르니까

이제 빨리 아파트로 가도록 합시다."

"내 혼자 있어도 이렇게 마음이 편하니 그게 좋다. 내가 움직일
때까지는 있을 테니까 내 걱정은 말아라. 움직이기 힘들면 내가
그때는 아파트로 가야지, 다른 수가 있나?"

어머니는 당신이 아들을 고통 속에서 살게 하였다는 죄책감을
가졌는지 한사코 아파트에 오지 않으려고 하였다. 그때 어머니를
억지로라도 모시고 와야 했다. 건강하게 살았지만 나이 앞에 장사
없다고 다리는 나날이 점점 수척해지는 것 같았다.

어머니를 뵈러 간 어느 하루는 어머니가 누워 있는 상태에서
입을 열었다.

"민아, 내가 왜 이런가 모르겠다. 요사이 부쩍 바람이 싫고 누
우면 일어나기 싫다. 바람이 많이 들어오면 커튼이라도 달 수 있
도록 못좀 쳐라. 이제 걸음도 걷기가 힘에 부치고 방바닥에 등
짝을 붙이고 누워 있는 세상같이 편안 세상이 없는 것 같다."

그는 연장을 찾아 못을 박고 연장을 서랍에 넣고 방을 둘러보며
어머니를 유심히 보았다. 말라비틀어진 가지처럼 졸아든 얼굴이
었다. 그는 어머니 얼굴 앞으로 바싹 다가가서 보았다. 초췌한
얼굴과 움직이기 싫다는 얘기를 이해할 것 같았다. 이제는 한시라
도 빨리 어머니를 아파트에 모시고 가야겠다고 말했다.

"어머니, 이래 가지고 안 됩니다. 어머니가 아파트에 가기 싫으면 내가 아파트에서 나와 어머니가 돌아가실 때까지 여기서 어머니 모시고 살랍니다."

어머니는 아들 말을 듣더니 자는 듯 감고 있던 눈을 부릅떴다. 두 팔로 방바닥을 짚고 겨우 일어나더니 큰 소리로 말했다.

"지금, 네가 정신이 있나? 어쩜 그리 철없는 이야기를 하고 있나. 그게 말이라고 하나, 집을 망해 먹을 생각을 하다니. 그러면, 직장은 제대로 다닐 수 있겠나? 나는 누가 먹여 살릴 것이고, 처자식 새끼는 또 어찌되라 말이고? 제발 말 같은 말을 해라!"

어디서 그렇게 힘이 났는지 정신이 이상해진 것이 아닌가 생각할 정도로 심하게 나무라는 말투였다. 그렇지만 그는 어머니 얼굴에 나타나는 병마를 본 듯하여 더는 지체할 수 없었다. 다시 누워 잠을 청하는 듯 눈을 감고 누워있는 어머니를 보고 말했다.

"어머니, 이래 가지고 안 되겠습니다. 빨리 아파트로 갑시다."

그 말을 듣고, 눈을 뜨는 어머니는 화를 바닥에 가라앉히고 다시 조용히 말했다.

"이리 추위를 많이 타는데, 아파트에 가면 더 추울테니 아파트는 안 간다."

"그때는 보일러가 고장이 났고, 이제 보일러도 고쳤고 하니, 여기보다는 따뜻해요. 빨리 갑시다."

그러나 어머니는 단호하다.

"아파트 가면 눈칫밥 먹을 것이 뻔한데 아파트는 안 간다."

그러나 여기서 그대로 있기는 어려웠다.

"어머니, 여기 있으면 죽소."

어머니는 자꾸 말을 시켜서 귀찮은 듯 언성을 높였다.

"밥하기 싫고 하여 못 먹어서 오는 병이니, 기운을 차려 밥을 좀 해 먹으면 나을끼다."

그는 다시 어머니의 눈치를 보며 부드럽게 말한다.

"그러니 아파트 가자 안 합니까? 이제 혼자 밥을 해 먹을 나이가 지나도 훨씬 지났는데 남이 들으면 욕합니다. 제발 아파트 갑시다. 아파트에 가서 따뜻하게 밥을 먹으면 좀 나을 것입니다."

"눈칫밥 먹으라고, 눈칫밥이 목에 넘어가나? 까다로운 입맛을 누가 맞추어 줄끼고? 아파트에서 오줌이라도 바지에 싸면 내 빨래 누가 해주나? 며느리 보기에 창피하기도 하고."

"당연히 며느리가 해야지요. 며느리 빨래 잘하는 것 아시잖아요."

원체 깔끔하고 입이 까다로운지라 내가 움직일 수 있는 한 자식과 함께 살지 않겠다고, 고집의 끈을 놓지 않는 어머니였다.

그는 수의를 가지고 어머니 방에 들어갔다. 잠들어 있는 어머니를 깨울세라 수의를 장롱 위에 살며시 놓고 옷가지들은 쇼핑백에 챙겨서 머리맡에 놓았다. 어머니는 인기척을 느꼈는지 소리 없이 눈을 떴다. 어머니는 민아? 하며 힘없는 손을 내민다. 그는 꽃이 떨어진 영산홍 나뭇가지 같은 어머니 손을 잡고 힘없이 말하는 어머니 얼굴을 쓰다듬으며 말했다.

"어머니 계시던 방에 올라갔다 왔어요."

어머니는 힘없는 눈으로 그를 보면서 묻는다.

"수의하고 챙겨 왔나?"

"예, 저 장롱 위에 올려놓았어요."

그는 장롱 위에 분홍색 보에 싸놓은 수의를 손으로 가리키며 말했다. 어머니는 머리를 돌려 농 위를 보고는 힘없이 말했다.

"아, 그래. 갖다 놓았구나."

"내 입으려고 산 지 얼마 안 되는 하얀색에 붉은 줄무늬 바지가 있는데 가져왔나?"

"아니요. 보지 못했는데 내일 올라가서 찾아 가져올 게."

"그래라. 간장독은 갖다 놓았나?"

어머니는 양조간장보다 직접 메주를 사서 조선장을 담가 드셨다. 아들이 물을 길어다 주어 아들과 같이 담근 조선장이었다. 어머니는 그래도 당신이 담근 조선장을 아들이 먹고 있다는 생각에 항상 페트병을 준비하였다가 아들이 오면 챙겨 주었다. 어머니는 간장독을 몇 번이나 챙긴다.

"예, 그것은 벌써 갖다 놓았습니다."

"그래 잘했다. 찬장을 열어보면 밥통이 있을 것이다. 그 밥통은 산 지 얼마 되지 않은 것이니 네 누나 줘라."

"예, 알겠습니다."

"부엌 찬장 밑에 보면 쌀하고 라면하고 떡국거리가 있다. 산 지 얼마 되지 않아 깨끗한 것이니 가져와서 먹어도 된다."

어머니는 몸은 죽어가도 정신은 맑았다.

"예, 알겠습니다."

그는 겨우 참았던 눈물을 주르르 얼굴을 타고 내렸지만 닦을 생각을 하지 못했다. 그는 얼른 손등으로 훔쳤다.

"아직 정신은 이리 초롱초롱하니 좀 먹으면 나을끼다. 뭐 먹지 못해서 기운이 없어 몸이 말을 안 듣는다."

"예, 뭐 묵으면 나을낍니다."

"내 정신은 옛날이나 똑같은데. 몸은 말을 안 들으니 우짜꼬."

"그래요. 나이 들어 몸은 죽어가도 정신은 나이를 먹지 않는 모양입니다."

그는 항상 어디에 무엇이 있고, 지나간 일을 기억해 내는 어머니의 기억력에 감탄했다. 설 명절에 어머니와 집안 이야기를 하면서 그가 숙모 문상을 갔는지 모르겠다고 하자, 어머니는 "정석이가 오라 해서 갔다 왔지 않았느냐?"고 하였다. 그 말을 듣고 보니 숙모 문상을 가서 문 앞에 있는데 정석이가 상주복을 입고 다가와서 "새이야! 저 가서 먹을 것 좀 먹어라." 하던 기억이 났다. 까맣게 잊고 있던 것도 물어보면 어머니는 기억했다. 며느리보다 기억력도 좋고, 귀도 눈도 밝으니 자동 며느리가 힘이 드는 편이었다.

그는 누워 있는 어머니 허리 밑에 손을 넣어 방바닥이 따뜻한가 만져 보았다. 어머니가 누워 있는 자리의 방석이 몸부림으로 밀려나가 어머니는 바닥에 누워 있었다. 그는 가랑잎같이 누워 있는 어머니 몸을 방석 위로 바로 누이고 배를 만져 보았다. 왼쪽 늑골 아래 위장 부위가 단단하게 만져졌다. 의사가 위암이라 진단 내린 부분이었다. 그는 책을 읽고 암 증상에 대하여 상식적으로 알고 있었다. 암 부위는 단단해진다. 그러다 음식을 먹지 못하고 속이 메스꺼워 토하다가 죽는 병이다. 그는 어머니의 변을 받아내면서 변을 자세히 보았다. 처음에는 혈변을 누다가 그 다음에는 물로 씻으면 금방 피가 되는 콜타르 같은 검은 변이있다. 암 말기의 변이었다. 용변을 보게 바지를 벗기고 보니 살점이 없는 골반 뼈는 휑하니 놓여 있는 바가지 같았다. 다리는 나무젓가락처럼 말라 힘없이 겨우 움직였다. 그는 놀라 움찔했다. 이런 몸으로 혼자서 밥을 해 먹고 지금껏 견디어 온 것은 강한 정신력 외에는 따로 설명이 되지 않을 것 같았다.

그는 물티슈로 어머니 얼굴이며 젖은 눈을 닦아 주었다. 그렇게 곱던 얼굴이 한 줌도 되지 않게 보였다.

어머니의 바지를 갈아입히기 위해서 벗겨 보니 오줌이 묻어 짙은 냄새가 났다. 누나가 어머니 방에 들어오면 항상 말하곤 하였다.

"우리 어머니 참! 정갈하제, 나이 많은 사람 방에서는 냄새가 나는데, 구순이 된 우리 어머니 방에서는 냄새가 나지 않으니 말이다."

그는 누나의 말을 받아 말했다.

"어머니 입이 까다로워 기름기 있는 음식을 먹지 못하고 담백한 음식으로 소식을 하니까 안 그랬나."

언제나 방을 정결하게 해 놓고 사시던 어머니인데. 이제 냄새까지 나니 얼마 사시지 못하겠구나 생각했다.

어머니는 또 "배가 틀리고 많이 아프다."고 하였다.

시장을 같이 다니다 어머니가 바닥에 넘어졌을 때였다. 어머니 손바닥에 작은 돌이 박혀 돌을 빼니 상처 부분이 패여 있었다. 그는 "어머니, 병원에 가서 몇 발 기어야 되겠습니다." 하였다. 어머니는 "병원에 갈 필요 없다. 아까징끼나 사서 바르면 괜찮다." 몇 번 권유해도 고집을 세워, 약방에서 대일 밴드, 솜, 소독약을 샀다. 그는 상처에 소독약을 발라주면서 많이 따가울 것이라 걱정스런 얼굴로 "어머니, 아프지 않으세요?" 하고 물었다. 어머니는 담담하게 상처를 만지며 "하나도 안 아프다."고 말했다.

"나이를 먹으니 세포가 죽고, 감각이 무딘 것 같습니다. 아가찡끼를 바르면 무지 따가울 텐데, 아픔을 모르는 것을 보니."

그가 말하자 "그래, 그런 모양이다." 하시며 몸이 웬만큼 아파도 내색을 하지 않던 어머니였다. 그런 어머니가 아프다고 호소하는 것은 병이 상당히 심각하다는 걸 의미한다.

"어머니, 수면제를 드릴까요?"

그의 말에 어머니는 기다렸다는 듯이 말했다.

"그래 수면제라도 좀 먹자."

어머니의 한 줌도 되지 않는 초췌해진 얼굴을 보는 순간 눈물이 앞을 가렸다. 며느리도 안쓰러웠던지 뜨거운 물을 세숫대야에 가득 채워 가지고 방으로 들어와, 수건을 적셔 어머니의 얼굴이며 몸을 닦아 주었다.

그는 어머니 얼굴을 닦아 주는 아내가 고마워 같이 거들면서 말했다.

"사람은 뭐니뭐니 해도 나이를 먹는 것이 제일 서러운 거다. 외국에 간 자식이나, 돈 많고 지위 높아 병든 부모를 다른 사람에게 맡기어 직접 용변을 보아드리지 않고, 죽어가는 모습을 보지 못한다면 인간이 되었다 할 수 없지 않겠나."

아내는 어머니의 얼굴과 목과 몸을 닦은 타월을 뜨거운 물에 헹구어 다리 부분을 닦으면서 말했다.

"그래, 인간이란 어리석어서 죽으면 흙이 되고 말 것인데, 죽으면 아무 쓸모없는 재물들을 쌓아 올리는 데 급급하여 진짜 인간이 할 일이 무엇인지 모르고 있으니….."

그는 가난한 살림을 넘어서서 말하는 아내가 고마웠다.

아내는 어머니 들을세라 조용히 말하였다.

"우리 손으로 모시다가 힘들면 병원으로 모시도록 해요."

그는 아내의 눈을 보며 말했다.

"그래야 되겠다. 인간에게 생로병사를 준 것은 다 뜻인 것 같다. 부모가 늙고 병든 모습을 보고 부모 은혜에 만분지 일도 보답 못하는 불효를 생각하는 인간이 된다. 부모가 죽어가는 모습을 보고 높은 사고에 이르게 하는 것은, 신의 뜻이 담겨 있는 것 같다. 복제니 로봇이니 생로병사가 없는 인간을 만든다는 말은 기계를 만든다고 말해야지, 인간이라 말할 수 없다는 생각이 든다. 인간이라면 하느님 뜻에 따라 생로병사에 순응하며 살게 되어 있는 것이다."

"그걸 이제 알았어? 세상 모두 다 하느님의 뜻이 있다는 것을…. 이제 철이 좀 드는 말을 할 줄 아네….."

아내는 어머니의 다리를 주무르면서 말했다.

오랜만에 부부가 같이 어머니 곁에서 정성을 다하는 시간이었다. 어머니는 아들과 며느리가 다정하게 말하는 것을 들었는지, 눈가에 엷은 미소를 띠면서 말하셨다.

"방이 원래 이리 따뜻했나. 방이 따뜻해서 좋다."

"전에는 보일러가 고장이 나서 그랬지만 이제 고쳤다 아닙니까?"

"내 너무 밖으로 나돌았던 모양이다. 내 병은 못 먹어서 생긴 병인데 이럴 줄 알았으면 일찍 와서 좀 먹었으면 병이 안 걸렸을 텐데."

그러면서 움직일 수 없는 몸을 안타까워하였다.

"어머니 말씀대로 한 달이라도 빨리 왔으면 따뜻한 밥이라도 좀 먹었을 것인데, 그러면 종이 찢어질 듯 아픈 가슴이 좀 덜했을 텐데 말입니다."

어머니는 며느리가 세숫대야에 수건을 담아 밖으로 가지고 나가는 것을 보고, 변을 보고 싶으니 관장을 하자고 한다. 그는 어머니를 바로 누이고 바지를 벗기고 용변기를 받치고 관장을 하여 변을 보게 했다. 어머니는 상체를 들썩거리며 말했다.

"어이구 민아. 나는 네가 없으면 죽었다, 네 덕에 이렇게 살았다. 너 초등학교 때 대장염으로 너에게 고생을 시켰는데, 또 고생을 시키고 있구나.”

“어머니, 일어나지 못하니 가만히 누워 계세요. 움직이면 용변이 옷에 묻어 오히려 방해가 되니까요.”

“그때 피고름 변을 볼 때 너희 누나는 냄새도 못 맡겠다고 하는 것을, 네가 다 받아 내어 개울가에서 요강 단지를 씻어 오고 안 했나? 너한테 한 번도 아니고 매번 미안하다.”

그는 요강 단지를 비우고 변이 비친 타월을 빨면서 눈시울이 뜨거워졌다. 어머니가 자식에게 주신 헌신이나 은혜에 비한다면 이것은 만분의 일, 아니 티끌만 한 일도 아닌 것이었다. 용변기를 비우고, 씻은 타월을 들고 오는 민을 보고 어머니는 변을 보니 속이 시원하다며 고맙다고 연방 말한다. 자식들은 살기 힘들면 어머니부터 찾는데 어머니는 자식에게 조금이라도 짐이 되려 하지 않았다.

어머니는 초죽음이 된 무의식 상태에서 혈변을 보고는 이내 무안한 듯 말했다.

“아이고 이 모습을 며느리에게 보이지 않으려 했는데 며느리 볼라.”

“어머니, 사람이 몇 백 년도 못 사는데 자존심을 내세우며 살 필요 있습니까? 며느리도 사람 사는 것을 느껴야지요. 이십 대에 아버지가 돌아가실 때는 아무런 것도 모르고 넘어갔지만, 지천명 나이에 이르러 어머니 병환을 간호해 보니, 자식이 나이가 들어 부모를 여의는 것은 인간으로 만들기 위한 신의 섭리라 생각됩니다."

그는 세상이 아름다운 것은 사랑을 보듬고 살기 때문이라 생각했다. 사랑이 없으면 오줌, 똥을 받아낼 수 있겠는가? 어머니는 자식을 낳는 산고를 치르고 오줌, 똥을 받아내어 자식을 키워왔다. 어머니가 늙고 병들면 자식이 받아내어야 하는 것은 당연하지만, 그것을 받아냄으로 은혜의 만분의 일이라도 보답하는 것이라 생각했다.

그는 초죽음이 되어 꼼짝 못하는 어머니의 용변을 받아내면서, 어머니에게 무언가 해 드리고 있다 생각하니 행복을 느꼈다. 하나님은 개인이 짊어져야 할 고통을 주기도 하지만 슬픔과 축복을 동시에 느끼게 하는 행복을 주었다. 그는 이 행복을 느끼게끔 지천명의 나이까지 살게 해준 하나님에게 감사했다. 그는 또한 어머니 은혜에 보답하기 위해 어머니를 기쁘게 하는 일을 해야겠다고 생각했다. 그리고 어머니에게 못해 드린 것은 그 후에라도 이웃 노인들에게 해드려야겠다고 다짐했다.

어머니는 용변을 보시고 사경을 헤매면서도 가방을 열어 돈을 세어 보라고 하였다. 그는 어머니 머리맡에 있는 검은 가방을 열어 보따리를 풀어 보았다. 빨간 주머니, 파란 주머니, 아주 예쁜

도장주머니와 별도로 노란색 보에 돈이 싸여 있었다.

그는 어머니가 강하다고만 생각했는데 어머니는 아기자기하게 예쁜 것을 좋아하는 극히 여성적인 분이었다. 어머니가 강한 것은 자식을 위해서가 아니던가. 그는 보따리에서 돈을 꺼내어 돈을 헤아리면서 생각보다 액수가 많은 데 놀랐다.

어머니는 그가 돈을 헤아리는 것을 기다리다가 끝내자마자 물었다.

"얼마이던노?"

그는 헤아린 돈을 다시 보자기 위에 놓으면서 말했다.

"백오십만 원정도 됩니다."

어머니는 잠시 허공을 바라보고는 말했다.

"그래, 내가 이천만 원 모으는 것을 목표로 했는데, 그 돈 보태고 조금만 모으면 될 것인데."

어머니는 더 못 모은 것이 안타까운 듯 말을 잇지 못했다.

"어머니, 먹고 싶은 것 먹지 않고, 사고 싶은 것 사지 않고, 죽을 때 가지고 가실라고 모았습니까?"

"너희들이 어릴 때 돈 곤란을 하도 많이 당해, 자식 고생시키지 않으려고 안 모았나? 돈 모으는 그런 재미까지 없으면 무슨 낙으로 살겠나?"

자식의 미래를 염려하는 모성이 그의 가슴 바닥을 짙게 누르고 있었다. 그는 위대한 모성 앞에 고개를 숙였다. 가끔 먹을 것 사 드시라도 손에 쥐어 드린 만 원까지도 안 먹고, 안 쓰고 고스란히 모아 두었던 모양이었다. 남처럼 건강이 뒤따르지 못하고 능력이 없는 그는 돈을 제대로 모으지 못했다.

구순 나이에 사경을 헤매는 어머니지만 아직 고운 얼굴이었다. 미인박명이라고, 어머니는 처녀 시절에는 진해 경화동 미인으로 통했다. 그뿐 아니라 "너희 어머니는 하나를 배우면 둘을 알 만큼 머리가 좋았다."고 막내이모가 말했다. 그가 서민 주택에 살 때였 다. 이웃 아주머니가 지나가듯 말했다.

"너희 어머니가 일제하에서 방직회사에 다닐 때, 데모 주동하 던 사람이 맞다?"

그는 어머니는 미인에다 똑똑하고 명석하였지만 자신은 어머니 반의반을 닮지 못한 것이 안타까워했다.

어머니는 일제와 사상분쟁의 이데올로기 속에서 고문으로 인한 피해망상증으로 히스테릭한 성격을 안고, 성치 않은 몸으로 자식 을 키우면서 온갖 고생을 다 겪었다. 형제들은 외국에서 호텔을 경영하는 큰 사업가도 있었고, 판사 아들을 둔 언니도 있었다. 언니들이 한번 찾아오라 하였지만 어머니는 끝내 형제를 찾지 않 았다. 기구한 팔자를 인정하고 순응하면서 살아갔다. 그는 얼마 있지 않으면 어머니의 죽음을 볼 것 같은 생각이 들었다.

구십 연세에 암 말기인 것을 아는 그는 어머니가 아들에게 내미는 깡마른 손을 잡으며 아픔을 견디고 있는 어머니 얼굴을 본다. 죄스러움이 그의 마음을 괴롭힌다.

그는 어머니 살아 계실 때 조금이라도 더 잘해 드릴 것이 없나 찾아보지만, 마지막까지도 좁은 방에서 헤맬 뿐 찾지 못하고 눈물만 흘리고 있었다.

어머니는 몸은 늙고 병들어 죽음 앞에 서 있지만 영혼은 맑았다. 인간은 죽음을 보고야 보다 높은 사고를 가진다. 고상한 모습으로 나이가 드는 것을 원했던 어머니는 가난한 생활에도 혼자 조용히 편안하게, 고독을 즐기면서 흐트러짐 없이 깔끔하고 정결하게 살았던 분이었다. 생활력이 강하여 진지하게 살아온 어머니, 나이 들어도 맑은 영혼을 가지고 있는 어머니 모습이야말로 너무나 아름다웠다. 그는 예쁘고 고우신 어머니의 야위어진 얼굴을 보면서 이제 어떻게든 편히 죽음을 맞이할 수 있도록 해 드려야겠다고 생각하며 병원에 모셔갈 준비를 하였다. 그는 어머니와 머리맡에 있는 수의를 오랫동안 바라보았다.

당신은 사랑받기 위해 태어난 사람

승우는 카라디오에서 흘러나오는 뉴스에 귀를 기울였다. 태풍 카논이 오키나와에서 북상중이라고 한다. 태풍이 비껴갈 것인지 아직까지 바람은 고요한 것 같다. 맑은 산야, 짙푸른 나무와 단아한 집들은 늘 보는 풍경이지만 오늘 따라 한 폭의 그림 같다. 구름 걷힌 하늘은 고려시대 청자처럼 비취색을 띠었다. 승우가 차창을 스치며 지나가는 가로수마다 푸르른 나무들이 품어내는 열기를 몸으로 느끼며 차를 몰아 도착한 곳은 장애인 근로작업장인 행운 주식회사였다.

생각에 따라 사람을 만나고 만나는 사람으로 인하여 운명이 바뀌기에 만남은 우연이 아니라고 필연이라고 했던 것을 떠올리며 승우가 장삼식 신부님과의 만남은 행운이었다. 신부님이 행운주식회사 설립을 위해 그를 불렀을 때, 승우는 성직자와 가까이 있을 수 있다는 축복으로 마음이 고무풍선처럼 들떠 있었다. 신부님의 환한 미소와 신부님의 내면에 있는 마르지 않고 샘솟는 사랑의 근원인 신부님 아버지의 미소를 보는 것 같았다.

신부님의 아버지를 사람들은 요셉 아저씨라고 불렀는데, 요셉 아저씨는 항상 아이와 같은 천진한 미소를 머금고 있었다.

승우는 신혼 초에 몸이 좋지 않았기에 휴일이면 방구석에 누워서 이리저리 뒹굴곤 했다. 어느 휴일 날, 그 날도 집에서 쉬고 있는데 요셉 아저씨가 환한 미소를 머금고 바둑을 가르쳐 준다며 "이 서방, 바둑 한번 둘까?" 하면서 승우의 방으로 들어왔다.

승우는 바둑을 늦게 배웠기에 7점을 미리 놓고 두었다. 7점 치수라도 배우는 사람은 이겨 보려고 기를 쓰면서 흥미를 가질 수 있지만, 고수는 호선이거나 한두 점 접바둑이면 모르겠지만 7점 정도면 신경이 별로 쓰이지 않는 바둑이었다. 아저씨는 7점 접바둑에도 아랑곳하지 않고 자주 오시어 바둑을 가르쳐 주고는 하였다.

신부님의 어머니는 승우의 고명딸이 돌이 지났는데도 시도때도 없이 잘 울어서 그럴 때마다 안아 주시면서 "이런 운냄이 그만 울어라?"고 토닥거려 주고는 하였다.

요셉 아저씨의 그 온화한 미소와 어머니의 따뜻한 가슴으로 신부님을 키워낸 것이라고 사람들은 말했다. 신부님과의 만남은 요섭 아저씨가 바둑을 가르쳐 줄 때처럼 사회 취약계층을 위해 일을 하라고 이끌어 주신 것으로 받아들여졌다.

그날은 행운주식회사 김치공장 기공식 날이었다. 승우는 김치공장 기공식에 내빈으로 참석하게 되었다. 체격이 왜소한 승우가 의자 사이에서 앉을 자리를 찾고 있는 것을 본 행운주식회사 임미선 원장이 승우를 부르면서 손으로 앞좌석을 가리키며 앉으라고 했다. 승우가 주저하자, 임 원장은 승우 곁으로 다가와 그의 손을 잡고 미사 집전을 할 신부님 곁에 앉혔다. 승우는 동그란 얼굴에 잔잔한 눈으로 미소 짓는 임 원장을 보고 야무진 면과 장애아나 사회 취약계층을 위하여 봉사하는 자애로움을 느끼며 의자에 앉았다. 의자 위에는 기공 식순의 안내 리플릿이 놓여 있었다. 승우가 리플릿을 들고 신부님 옆 의자에 앉으니 스스로 감동의 물결이 밀려왔다.

사람들은 누구나 남이 나를 알아줄 때 행복을 느낀다. 나를 알아주는 곳이 과연 어디에 있었던가? 우리가 악다구니를 쓰면서 다투는 것도 결국 상대가 나를 알아달라는 항의에 불과하지 않은가. 그것도 미사집전을 하는 신부님 옆 의자에 그를 앉힌다는 것은 최고의 대우를 한다는 것이기에 더욱 황송하였다.

신부님은 온화한 미소로 옆에 앉는 승우를 맞이해 주었다. 그러나 승우는 긴장이 되어 목석처럼 뻣뻣하게 앉아 있을 수밖에 없었다. 앉은 자리에서 긴장을 푸느라 리플릿과 미사 진행 순서의 책자를 뒤적거렸다. 승우가 긴장하는 것은 위장병으로 깡말라 남 앞에 나서기를 힘들어하기 때문에 그로인해 형성된 성격 탓이었다. 승우는 한 인간은 한 우주의 주인이라고 자신감을 가지고 용기를 내려 해도 잘 되지 않았다. 임 원장이 주위를 둘러보다가 입을 굳게 닫고 있는 승우를 보면서 기공식에 올 사람은 거의 온 모양이니까 기공식을 시작하자고 하였다. 승우는 공장 벽에 걸려 있는 시계를 보면서 임 원장에게 시작 시간인 11시가 되려면 아직 멀었으니 좀 더 기다렸다가 시간이 정시가 되면 하자고 하였다. 임 원장은 승우의 말에 동의하는 듯 고개를 끄덕였다. 그렇게 잠시 기다리다가 시계가 11시가 되는 것을 보더니 앞에 있는 사회자에게 시작하라는 사인을 주었다.

식의 순서에 따라 이사장의 축하 인사말이 끝나고 임 원장이 기공식을 가지게 된 오늘까지의 경과보고를 마치자 신부님이 미사집전을 위해 애니메이션 수를 놓은 하얀 보가 덮여 있는 단상이 있는 곳으로 올라갔다. 신부님은 온화한 미소를 지으며 장애를 가진 것이 오히려 축복이라고 느낄 수 있도록, 일을 통해 행복한 생활을 할 수 있는 시설이 되어야 한다는 인사말을 하고 미사를 집전하였다.

승우는 신부님의 말을 하나도 놓치지 않으려고 토끼처럼 귀를 꼿꼿이 세우고 들었다. 순서에 따라 말씀의 전례에서부터 심성심 선생이 사회를 보았다. 화답송으로 〈당신은 사랑받기 위해 태어난 사람〉을 선창을 하였다. 사회를 보고 있는 심성심 선생의 목소리는 청량하고 부드러웠다. 목소리가 좋아 사회를 맡았겠지만, 노래는 그녀 자신의 말이기도 하기에 더 애절하게 들렸다.

심성심 선생은 행운주식회사의 사회복지사로 근무하지만 어려서부터 왜소증을 앓는 분이었다. 오십이 가까운 나이로 얼굴은 나이가 들었는데도 불구하고 손, 발은 자라지 않아 아기의 고사리 같은 손이다. 신장도 아홉 살 정도 어린아이의 신장밖에 안 된다. 미혼인 그녀의 미소 뒤에 숨겨진 삶에 대한 갈등을 짐작하고도 남음이 있다. 그녀가 부르는 〈당신은 사랑받기 위해 태어난 사람〉 노래에 감정이 이입되어 잔잔한 울림으로 전해졌다.

"당신은 사랑받기 위해 태어난 사람, 당신의 삶 속에서 그 사랑 받고 있지요. 당신은 사랑받기 위해 태어난 사람, 당신의 삶 속에서 그 사랑 받고 있지요. 태초부터 시작된 하나님의 사랑은 우리의 만남을 통해 열매를 맺고, 당신이 이 세상에 존재함으로 인해 우리에게 얼마나 큰 기쁨인지, 당신은 사랑받기 위해 태어난 사람, 지금도 그 사랑 받고 있지요. 당신은 사랑받기 위해 태어난 사람, 지금도 그 사랑 받고 있지요."

그녀의 단상 앞에서 거침없는 말과 맑고 애절한 노래는 인간은 누구나 사랑받기 태어난 사람이라고 강조하고 있는 듯 했다.

승우는 '장애인재활의 꽃'이라고 하는 직업재활시설협회 워크숍에 참석한 적이 있었다. 장애인보호시설인 한마음직업재활시설 오정애 원장이, 장애인 부모의 체험을 이야기하는 순서가 있었다. 그녀는 단상에 올라가서 당당한 목소리로 한마음직업재활시설을 운영하게 된 동기가, 장애아를 두었기 때문이라고 장애아를 둔 부모의 심정을 또박또박하게 말하였다.

"장애아 자식이 태어나면, 부모의 죄가 있어 장애인이 태어났다고, 죄의식으로 죽고 싶은 심정부터 듭니다. 내가 낳은 아이가 장애라니 말도 안 돼! 내 재산을 전부 팔아서라도 장애를 고쳐야지! 장애아를 데리고 병원에도 가보고, 좋다는 한약도 써보고 온갖 방법을 써 보지만 인정하고 포기하기까지는 많은 시간이 걸렸습니다. 한 집에 장애아가 있으면, 가족이 장애아를 평생 돌보아야 하니까 장애인 가족이 됩니다. 비장애인 형제는 장애아를 돌보면서 책임감으로 성숙해지는 점도 있지만, 장애아로 태어났다는 것은 세상의 냉대와 멸시는 피할 수 없는 것이 현실입니다."

승우는 장애인직업재활시설 원장들과 같이 하는 자리라 노트에 메모를 해가면서 유심히 듣고 있었다. 옆자리에서 같이 듣고 있던

이 원장이 승우를 바라보며 말했다.

"장애인 가정의 멸시는 겪어보지 않고는 알 수 없어요. 옛날에는 장애아가 태어나면 죄가 있어서 그렇다고 믿었으며, 로마의 스파르타 교육시기에는 장애아는 태어나자 죽였다고 하지 않습니까? 장애인이 비장애인과 사회통합하면서 살아간다는 것은 어렵고 힘든 일입니다."

승우는 오 원장과 이 원장의 말만 들어도 장애인의 서러움이 가슴에 가시가 되어 박히는 것 같았다.

심성심 선생의 선창에 따라 행운주식회사 장애근로자는 모두 자신의 노래인 양 〈당신은 사랑받기 위해 태어난 사람〉 노래를 힘차게 불렀다. 승우도 과거에 이 노래를 부르면서 눈시울을 적시던 때가 있었다.

2010년 여름 '지역주민과 함께하는 여름밤의 음악회'에서 장애 아들이 만들어 낸 무대를 감동적으로 보았다. 장기자랑에서 각자 갖고 있는 끼를 마음껏 발휘하였다. 주민들과 함께하는 노래자랑 대회 시간에는 평소 노래 부르는 것을 좋아하는 한인수는 기타를 들고 의자에 앉았다. 그는 정신적 장애를 갖고 있었다. 마이크를 앉은키에 조정한 후 기타 음률을 조정하며 기타 줄을 몇 번 튕겨 보았다. 한인수는 노래 부를 준비를 끝내고는 심호흡을 하고 기타를 치면서 〈너 하나만의 사랑〉을 불렀다. 가수 못지않게 박자, 음정, 바이브레이션, 눈을 감고 감정을 잡는 표현력까지 완벽하게 소화했다. 한인수는 심사결과 최우수상을 받았고, 기타를 상품으로 타고는 기뻐서 눈물을 글썽였다. 어떻게 하여 장애를 가지게 되었지만 숨겨진 재능은 듣는 이로 하여금 감동을 자아내게 하였다.

다음은 장애아들의 퍼포먼스 공연이 있었다. 머리에 파마를 한 가발이며 아주머니들이 입는 통바지를 입고 춤을 추며 보이는 퍼포먼스는, 웃음과 슬픔을 자아내며 자기들이 갖고 있는 끼를 마음껏 보여 주는 장이었다. 마지막 무대에서 행운주식회사 근로장애인과 직업훈련 교사가 모두 나와 무대를 꽉 채우고 부른 노래가 〈당신은 사랑 받기 위하여 태어난 사람〉이었다. 사회를 보던 가수도 장애인들이 만든 무대에 감동을 받은 모양이었다. 이 아이들이 있는 곳이라면 언제든지 불러주면, 다른 일을 마다하고 뛰어와 사회를 보겠다고 그 자리에서 약속하였다.

승우가 가장 많은 감동을 받았던 무대, K경영대학원에서 가진 2011년 행운주식회사 근로장애인 직업재활시설의 연말 송년회 행사장에서였다. 물론 이때도 장애인들이 부르는 〈당신은 사랑받기 태어난 사람〉 노래를 다같이 불렀다. 프로그램 순서는 시설공로자와 장기근속자 시상식에 이어 장애아가 부모에게 보내는 편지, 부모가 자식에게 보내는 편지, 난타공연, 차력술, 플라이트쇼, 합창 등의 순서로 이어졌다.

장애아가 부모에게 보내는 편지 시간에는, 중키에 한쪽 다리를 절고 말은 조금 더듬지만, 항상 미소를 잃지 않고 활달하여서 함께 어울려 술도 잘 마시는 붙임성이 있는 친구인 조차룡 군이 편지를 읽어 내려갔다. 편지 내용은 조군은 장애를 입기 전에는 꿈 많은 청년이었다며 창녕군 시내에서 오토바이를 몰고 가다 음주운전을 하는 차와 부딪쳐 튕겨 나가는 사고를 당했고 그때 머리의 출혈로 장기간 병원에 입원하게 되었으며, 회사도 다니지 못하게 되었다고 했다. 순간의 자동차 사고가 그에게는 너무나 많은 슬픔을 주었다. 여자 친구는 처음에 그의 곁에서 간호를 해주었지만 얼마 있지 않아 부모의 반대로 떠나가 버렸다. 그는 우연한 사고로 장애를 입은 것만 해도 억울했는데 그때부터 혼자가 되었다. 그는 장애를 극복하고 홀로 일어서기를 해야만 했다. 그의 오토바이를 들이받은 차의 기사는 조사 결과 음주운전으로 밝혀졌지만 무보험이었고 가정형편이 어려워 병원비며 보상금도 받지 못했다. 그 한스러운 과정을 울면서 읽고, 울면서 읽고 하다가, 목이 메어서 결국 다 읽지 못하고 손으로 눈물을 닦으며 단상에서 내려갔다.

부모가 자식에게 쓰는 편지에서는, 지적 장애가 있지만 성격이 활달하여 말을 많이 하는 김정상 군의 아버지가 올라왔다. 김정상 군의 아버지는 공단의 어느 회사의 공장장이었다. 김 군의 아버지는 아들이 장애가 있다는 것을 처음에는 믿지 않았다. 그러나 시간이 갈수록 지적 장애가 있다는 것을 알았을 때 하늘이 무너질 것 같았다. 저렇게 착한 아이가 장애가 있다니 아무리 부인하려 하여도 인정해야만 했다. 김 군 아버지는 아들을 일반인으로 생활할 수 있도록 했고, 한 번은 자립심을 키워주기 위해 혼자서 3박 4일 여행을 떠나게 하였다. 그때 김 군은 버스를 타고 3박 4일 동안 돌아다니면서 여행을 무사히 마쳤으며, 전문대학에 들어가서 많은 어려운 환경을 잘 참으며 공부를 마쳤다. 김 군이 어느덧 자라 이제는 의젓한 직장인으로서 일을 하고 있었는데 그동안의 고생과 자식에 대한 고마움이 합쳐져서 연신 울먹이고 있었다.

김 군 아버지가 편지를 읽어가는 중에, 송연회를 관람하고 있던 객석에서 목을 놓아 엉엉 소리 내어 우는 사람이 있었다. 김 군의 어머니였다. 그녀는 주위의 시선도 아랑곳없이 하늘이 무너지는 것처럼 서럽게 통곡하고 있었다. 승우는 장애자 가족으로 참여한 모든 분들은 저분처럼 울고 있을 것이라 생각하였다. 승우도 흐르는 눈물을 주체할 수 없었다.

승우는 친분이 깊은 장애인 총연합회 성우식 회장과 나란히 앉아 있었다. 성 회장도 한때는 좋은 직장에 잘 나갈 때도 있었지만 예기치 않은 일로 장애자가 되었다. 성 회장은 오래 전에 가족과 같이 자동차로 여행을 하다 산길에서 미끄러져 경사진 벼랑 위에 차가 걸리는 사고를 당했다. 그가 차를 보기 위해 내리는데 차가 조금씩 벼랑 아래로 미끄러지고 있었다. 그는 가족이 탄 차가 미끄러지지 않게 온몸으로 차체를 받치고 있다가 가족이 모두 내리고 그 순간까지 힘을 쏟은 그의 앞으로 차가 굴러 떨어지고 말았다. 그때의 사건으로 하반신을 못 쓰게 되어 휠체어 신세를 지게 되었다. 대통령 경호실에서 근무하였다는 그는 불같은 성격에 장애를 인정하고 극복하기까지 오랜 시간이 걸렸다. 성 회장도 눈시울을 적시고 있었다. 자기도 우연하게 장애자가 되었지만 후천적인 장애가 거의 80프로라며, 순간적으로 생각지도 못했던 장애를 입게 되면 그 고뇌와 갈등은 말할 수 없다고 이야기했다.

승우는 신망애재활원 장애인 친구들이 문학동아리 '맑은 물방울회'를 조직하여, 입으로 발로, 대필까지 하면서 펴낸 동인지 ≪휠체어에 앉아 바라본 세상≫에 발표한 시 중에서 하재영 군의 시 〈엄마 너무 아파요〉에서 장애인의 고통을 엿볼 수 있었다.

"오전마다/ 요셉의 울음소리가 내 가슴팍을 꿰뚫고 들어와 나를 못 견디게 괴롭히고 있다/ 요즘 우리 귀여운 요셉이 선생님한테 휘어진 다리를 똑바로 펴는 운동을 받고 있다/ 요셉을 똑바로 걷게 하기 위해/ 올바르게 성장하도록 하기 위해/ 선생님은 애처로운 마음과 가여운 마음을 무심할 정도로 억누르시고 요셉의 다리를 꺾는다/ 요셉은 목덜미에 있는 심줄이 굵어지면서/ 괴로움과 아픔을 눈물과 함께 쏟아낸다/ 그 괴로움과 고통을 알면서/ 계속 운동시켜야만 하는 선생님의 심정과/ 그런 모습을 말없이 지켜보아야만 하는/ 내 마음은 한없이 무너져 내린다/ 왜 저 선생님은 여기 오셔서/ 아이의 다리를 붙들고 울어야만 되며/ 저 아이는 여기 와서 아픔에 몸서리가 쳐지도록/ 울어야만 되는지를/ 난 알 수 없다."

또한 그가 쓴 다른 독백의 시에서는 짜증이나 거의 미친 것처럼 흥분하며 날뛰고, 지나간 시간 속에 묻혀 버린 상처와 아픔들이 갑자기 되살아나, 자신을 괴롭히고 있을 때를 이야기하면서 오늘 하루가 길면 길수록 병든 새처럼 꿈을 잃고 희망을 잃은 채 서서히 죽어가고 있으며, 자신에게 아무것도 남지 않는다고 하였다. 그의 글 속에서 승우는 눈시울 적시며 살아가는 장애아의 고뇌의 심중을 읽을 수 있었다.

성 회장은 죽음을 딛고 일어나 두 손으로 휠체어를 굴려야 하는 소외된 삶을 박차고 일어섰다. 같이 점심을 먹으러 갈 때보니 식당으로 들어설 때 문턱이 있으면 휠체어에서 일어서지 못하는 몸을 앉은 자세로 내려서 어렵게 휠체어를 안으로 옮기고 다시 휠체어에 몸을 싣고 가서 의자가 있는 식탁에 앉았다. 그런 성 회장은 장애인문화축제에서 인사를 할 때는 아주 카리스마 넘치는 웅변력을 보여 주었다. 하지만 내면 깊이 박히어 있는 고뇌와 매일 싸워야 하는 아픔이 승우의 가슴을 밀고 들어오는 것 같았다.

성 회장은 장애에 대한 불편함에도 담담하게 허허 웃으며 고뇌와 고통을 털어내며 말하였다.

"현대에 살아가는 사람들은 자동차 사고, 정신적 장애, 치매 등 누구나 미래의 장애에 노출되어 있어요. 나는 단지 조금 빨리 왔다고 생각하지요"

사회를 보는 심 선생의 기도가 있었고, 순서대로 신자들의 기도가 이어졌다.

첫 번째 기도를 올리는 사람은 박재호 선생이었다. 다리 한쪽을 절룩이는 박 선생은 정년퇴직을 하고 행운주식회사 시설에 들어와 많은 일을 하고 있다. 야위고 까만 피부에 날카로운 눈과 카랑카랑한 목소리, 어디서 그런 힘이 나오는지 몰라도 카리스마가 있어 현장 반장으로 일하고 있다. 아침 일찍 출근하여 조업시간 전에 현장 직원들을 모두 마당으로 불러내어 맨손체조를 시키기도 하고, 작업장 내에서는 작업자들이 잘못하는 일이 있으면 기합을 주기도 한다. 기가 세서 그런지 종사자들도 박 선생의 말에 꼼짝없이 따른다. 박 선생은 기도문을 읽었다.

"우리나라를 위해 기도합시다."

그리고 천천히 읽어 내려갔다.

"사랑이신 하느님 아버지, 남북분단의 어려움과 저성장, 고실업의 어려움을 겪고 있는 우리나라가 당신의 섭리와 이끄심으로 서로 화목하고, 가진 것을 나누고 사랑하여 아름다운 국가를 건설할 수 있도록 도와주소서."

그의 기도는 장애인들도 행복하게 살 수 있는 나라가 아름다운 나라라고 하였다. 태양의 빛이 음지에도 비치듯 불행의 공간에도 희망의 빛을 주는 따뜻한 시선이 머물도록 기도했다.

다음은 신사임당이라고 불리는 동글동글한 얼굴에 미소를 잃지 않는, 장애인 체험 재활프로그램을 기획하는 정선화 선생이 푸근한 목소리의 기도문과 지적장애가 있는 이성석 군의 기도문에 이어 김상석 선생이 기도문을 읽어갔다.

김상석 선생은 육군 ROTC로 복무하다 중위로 전역하고 직장생활을 하였다. 사십에 들어서 소아마비가 와서 장애인복지시설인 행운주식회사에서 직업훈련 교사로 일하고 있다. 그는 둥그렇고 큰 얼굴에 친절과 붙임성이 있는데, 승우는 김상석 선생과 저녁 식사를 같이 할 때 소화불량 때문인 듯 얼굴이 노랗게 변하는 것을 보고, 손과 발을 따주며 어깨를 주무르고 안마를 해서 상태가 나아지게 한 적이 있었다. 승우는 김 선생에게 반드시 누워서 오른발을 왼발 쪽으로 넘기는 등 몇 가지 요가자세를 가르쳐 주었던 인연으로 가까이 지내는 사이다.

"여기에서 수고하는 모든 이를 위하여 기도합시다. 주님, 나약한 저희들이 일하면서 행복하게 살기 위해 조그마한 공장을 새로이 건축하게 됩니다. 이곳에서 일하게 되는 모든 사람들이 서로 사랑하고 기쁘게 살아갈 수 있도록 도와주시고, 이 공사의 시작에서 끝까지 지켜주시어 무사히 마무리할 수 있도록 도와주시고 인도하여 주소서."

직원들의 기도하는 마음에는 진정 간절함이 배어 있었다.

신자들의 기도가 다 끝나자 신부님의 축복의 기도가 이어졌다.

"자비로우신 하느님 아버지, 당신의 성자를 통하여 만물을 창조하시고, 성자를 당신 나라의 튼튼한 기초로 삼으셨으니, 당신의 영광과 우리의 이익을 위하여 시작하는 이 공사를 영원하신 당신의 지혜로 날로 진척시키시어 마침내 무사히 끝낼 수 있게 하소서. 우리 주 그리스도를 통하여 비나이다. 아멘."

기도를 마치신 신부님이 성수를 뿌리는 시간이었다. 신부님은 앞장서서 시설 구석구석을 다니며 준비한 성수를 뿌렸다. 참석한 귀빈과 직원들은 신부님의 뒤를 따랐다. 신부님은 시설을 한 바퀴 돌며 성수를 뿌리는 동안 직원들은 줄을 서서 김치공장 준공식에 맞는 노래인 〈김치 송〉을 불렀다.

"김치 없으면 왠지 허전해, 김치 없인 못 살아 정말 못 살아, 나는 나는, 너를 못 잊어 맛으로 보나 향기로 보나 빠질 수 없지, 입맛을 바꿀 수 있나. 만약에 김치가 없어진다면, 무슨 찬으로 상을 차릴까? 중국음식 일본음식 다 차려 놔도 김치 빠지면 왠지 허전해. 김치 없인 못 살아 정말 못 살아, 나는 나는 너를 못 잊어 맛으로 보나 향기로 보나 빠질 수 없지 입맛을 바꿀 수 있나. 입맛을 바꿀 수 있나."

〈김치송〉을 부른 참신한 아이디어는 어디에서 나오는 것일까? 〈김치송〉을 이어 직원들은 〈나는 행복합니다〉를 불렀다.

"나는 행복합니다. 나는 행복합니다. 나는 행복합니다. 나는 행복합니다. 정말정말 행복합니다. 기다리던 오늘 그날이 왔어요. 즐거운 날이에요, 움츠렸던 어깨 답답한 가슴을 활짝 펴 봐요. 가벼운 차림 다정한 벗들과 즐거운 마음으로 들과 산을 뛰어 노래를 불러요. 우리 모두 다 함께. 나는 행복합니다. 나는 행복합니다. 나는 행복합니다. 정말 정말 행복합니다. 진달래꽃 피는 봄이 지나면 여름이 돌아와요. 쏟아지는 태양 젊음이 있는 곳 우리들의 여름이지요, 강에도 산에도 넓은 바다에도 우리들의 꿈이 있어요. 그곳으로 가요. 노래를 부르며 우리 모두 다 함께."

김치를 생산하는 장애인 근로작업장 건립이 많은 사람들에게 행복을 주고 있다는 노래가 경쾌하게 흘러 나왔다.

노래가 거의 끝날 무렵 신부님은 성수 뿌리는 것을 마치고, 미사를 하기 위해 단상으로 올라갔다. 신부님은 이마와 가슴으로 성모를 긋고는 "전능하신 하느님, 우리에게 강복하시고 우리의 소망을 자비로이 들어 주소서, 아멘." 마침 기도로 축복미사를 마쳤다. 미사를 마친 신부님이 단상에서 내려오는 것을 본 임 원장은, 승우가 앉아 있는 곳으로 다가와서 테이프 커팅을 하러 가자고 하였다. 승우는 임 원장을 따라 기공식 테이프 커팅을 위해 공장 밖으로 나갔다.

신부님은 가운데 서고 승우는 신부님 곁에 서서 임 원장이 챙겨주는 꽃을 가슴에 꽂고 가위를 들었다. 정 선생이 테이프 커팅 장면을 사진으로 찍기 위해 모래를 쌓아 놓은 반대편에서 마주 보고서 사진기를 들었다.

"테이프 커팅!"

힘 있는 소리에 맞추어 테이프 커팅을 하였다. 테이프 커팅으로 잘리어진 테이프를 가위에 싸매고, 박 선생이 테이프 커팅을 끝낸 가위를 회수하기 위해 들고 서 있는 쟁반에 얹어 주었다. 커팅한 테이프가 다 치워지자 임 원장은, 그의 옆에 와서 장갑을 끼라며 삽 위에 얹어 놓은 장갑을 주었다. 정 선생은 모래를 퍼서 넘기는 장면을 찍기 위해 그의 반대편에서 사진기를 들고 서 있다. "신부님, 원장님, 귀빈께서 모두 모래 한 삽씩 뜨세요!" 하는 정

선생 말에 따라 모두 모래를 한 삽씩 떠서 넘길 준비를 하였다. 사진을 찍자 옆에 있던 건설회사 사장이 모래를 세 번 퍼 넘겨야 한다며 모래를 세 번 퍼 넘겼다. 이로써 기공식이 끝나고 양복 윗도리 호주머니에 꽂고 있던 꽃을 돌려주었다.

임 원장은 승우 옆에 다가와 꽃은 여기 근무하는 선생들이 늦게까지 작업을 하여 만들었다고 하였다. 원장의 말을 들어보면 직원들의 기획력이나 정성이 어느 정도인지 알 수 있었다.

승우는 임 원장의 온화한 미소와 함께하는 그 열정에 감동이 우러나왔다.

"행운주식회사가 장애인들이 일할 수 있는 신상품을 많이 개발하여, 시설이 번창하고 발전하여 행운주식회사 복지타운이 조성되었으면 합니다. 신부님은 하느님의 말씀의 전달자로서 하느님이 들어주시니 신부님 능력이면 충분히 가능하지 않을까요?"

승우가 한 말은 당초 시설을 설립할 때 자주 생각하였던 말이었다.

사회취약 계층을 위해 헌신과 봉사로, 전 세계에 알려져 있는 인물로는, 마더 테레사 수녀님이 있다. 마더 테레사 수녀님은 1979년 12월 10일, 노벨 평화상을 수상하였다. 수녀님이 이끌고 가는 사랑의 선교 수녀회가 있다. 수녀회에서는 인도에서 버려진 아이들을 돌보는 '고아의 집'이 있고, 장애아를 돌보는 '사랑의 선물의 집', 죽어가는 사람을 돌보는 '임종자의 집', 한센병 환자들이 살고 있는 '평화의 마을'을 운영하고 있다. 마더 테레사 수녀님은 내면에서 '와서 나의 빛이 되어라'는 소리를 듣고 사업을 시작했는데 수천 명의 수녀들이 동참했다고 한다. 국내에서는 충북 음성 '꽃동네'가 있다. 음성 '꽃동네'는 오웅진 신부님이 최귀동 할아버지와 만남으로써 시작되었다. 최귀동 할아버지는 일제 징용에 의한 정신질환과 고혈압, 동상에 걸려 얻어먹으면서 살았다. 최귀동 할아버지는 얻어 온 밥으로 거동이 불편하여 움막 속에 누워 있는 다른 거지들을 돌보고 있었다. 이를 본 오웅진 신부는 '얻어먹을 수 있는 힘만 있어도 주님의 은총입니다.'라는 계시를 받아 사재를 털어 이들을 함께 살 방을 마련하는 것부터 시작하였다. 현재 꽃동네는 수용자 1천 9백 명, 수도사 직원이 560명이나 되는 종합복지타운으로 성장했다. 이는 수녀나 신부 한두 사람의 힘이 아니었다. 항상 하느님과 함께하였기에 가능하였다. 그는 신부님도 하고자 하면 장애인 복지에 누구보다도 정성을 들이시니, 하느님이 소원을 들어 주시리라 생각하였다.

승우는 신부님의 은혜로 장애인 복지시설에서 사명감을 가지고 일하게 되었다. 사명이란 가슴에서 일어나는 힘이었다. 종이 박스를 수없이 들어 날라도, 등짐을 지고 3층 계단으로 오르면서 다리가 휘청거려도, 장애인이 만든 물품에 애정을 가지니 피곤하고 힘든 줄을 몰랐다. 한 발이라도 더 움직여 장애아들에게 힘이 될 수 있다면, 뼈가 가루가 되도록 일하리라고 다짐했다. 빈약한 몸이지만 사회적 약자에게 도움을 주는 일을 한다고 생각하니 보람과 즐거움으로 일할 수 있었다.

장애인 복지시설은 정부보조금과 기부금으로 운영되고 있다. 승우는 기부가 복지시설에 큰 빛이라는 것을 알고 나이가 칠순이 넘긴 백억 원대 재산가를 찾아갔다. 승우가 한때 근무를 했던 곳이라 응접실 소파에 앉아 차 한 잔과 함께 근황을 이야기하였다. 승우는 그의 말에 귀를 기울여주는 최 사장에게 사회취약 계층을 위해 일하고 있는데 보람을 느낀다며 사장님께서 장애인 복지시설을 만드실 수 있는지 물어보았다. 최 사장은 둥그런 얼굴에 미소 띤 눈으로 그를 보며, 그렇지 않아도 사회복지에 대하여 평소 관심이 있었다고 하면서 만들어 보자고 하였다. 복지시설은 공익적 사명으로 일을 하는 곳이라 "복지시설을 만들려면 우선 토지가 있어야 되고 복지시설 자산은 종국에는 국가에 귀속된다."고 하였다. 최 사장은 토지는 월림동에 백평 부지가 있으니 만들면 되는데, 무조건 이익이 나야 한다고 하였다. 복지란 사회를 위해 기부한다고 생각해야지, 이익을 생각하면 안 된다고 하는 말에, 기업이 이익이 나지 않는 곳에 투자를 할 수 없다고 말했다. 승우는 몇 번 이야기하다 사회복지에 대한 마인드가 없으면, 장애인

복지시설 설립의 이야기를 나누기가 어렵다는 것을 깨달았다.

과거 승우가 임 원장에게 복지의 경험이 없는 사람은 이해시키기가 힘들다고 하자 임 원장은 말해 주었다.

"장애인 복지는 사랑과 봉사의 가톨릭 정신이 있어야 합니다. 복지 마인드가 없는 일반인들이 뛰어들기는 힘이 듭니다."

김치공장 기공식에 대해 각자의 생각을 이야기하는 사이 점심은 마침 초복이어서 삼계탕이 나왔다.

임 원장은 삼계탕이 나온 것을 보고 참석한 내빈들에게 감사하다는 인사말을 한다.

"장애인 복지시설에는 무엇보다도 많은 인재들이 들어와서 사랑과 봉사로 일해야 합니다. 오늘 행사 같은 기획은 복지사 선생들의 사랑과 헌신이 없이는 나오기 힘듭니다. 복지시설에 많은 인재들이 들어와 사랑과 봉사로 일한다면 사회는 보다 따뜻한 사회가 되리라 봅니다."

참석한 귀빈 내빈들은 초복이라고 삼계탕까지 준비한 신부님과 임 원장에게 감사를 표하면서 맛있게 먹을 때 K대 복지학과 김난선 교수가 말했다.

"이렇게 규모가 큰 김치 공장을 짓기 위해 수고 많았습니다. 복지는 말로만 하는 것이 아니라 행동으로 해야 한다는 것을 새삼 느끼게 합니다. 잘 하시어 장애인 복지 수요를 많이 흡수해 주세요.”

임 원장과 나란히 앉아서 삼계탕을 먹으며 듣고 있던 경남직업 재활 센터장이 말했다.

“아니, 모든 학문이 그렇듯 공부만 하고 행동이 따르지 못하면 무의미한 것 아닙니까? 재력 있는 사람들에게 복지 이야기를 해 보면 용어는 어느 정도 귀에 익은 것 같지만 제대로 이해하는 사람이 없습니다. 재산이 있는 사람들에게 복지시설은 국가에 귀속 되고 기부 체납해야 한다고 하면 복지시설에 투자하려던 생각을 접습니다.”

승우는 김난선 교수와 경남직업재활시설 센터장의 이야기를 듣고 말했다.

“사실, 저도 복지시설에서 근무하기 전에는 나눔의 문화를 몰랐습니다. 모든 게 체험해야 알고 체험이 생활의 지혜를 만드나 봅니다. 저도 장애인 복지시설에 와서 장애인 복지에 대하여 알게 되었습니다. 나눔의 문화는 건전한 사회운동이라 생각합니다. 열심히 일하여 얻은 재산이지만 사회에서 얻었으니 사회를 위해 되돌려 주는 문화는 보다 더 높은 가치를 실현하는 문화 아니겠습니까?”

이어서 김난선 교수가 입을 열었다.

"요즘 국회의원 선거가 있는 시기면 정치인들은 어김없이 사회복지 공약을 내걸고 나옵니다. 정치인들의 공약에는 어린이복지, 노인복지, 장애인복지 등 선택적 복지가 어떠니, 보편적 복지가 어떠니, 이러저러한 복지를 하겠다고 공약을 내뱉습니다. 정치인들이 정말 사회에 자기 재산을 얼마나 기부했으며, 기부의 인식 정도가 어느 정도인지 의심스러워요. 요즘 복지 포퓰리즘 바람으로 정치인들은 사회복지를 혼자 다하는 것처럼 입에 침도 묻히지 않고 내뱉지 않습니까? 정치욕이 있는 사람치고 진정 사회에 대한 사랑과 봉사를 앞장서서 실천한 사람이 얼마나 있는지요? 우리는 노블레스 오블리주를 입으로는 부르짖지만 실천할 수 있는 정치인들이 얼마나 있는지요? 오직 이해타산과 이합집산의 단체일 뿐이라는 인상만 심어주고 있지 않는가요? 작금의 정치판은 이익에 상반되면 싸움을 잘해야 하는 동물적 본능이 강한 사람만이 살아남는 정치판으로 보이지 않는가요? 오죽하면 학자들이 정치판에 들어가면 오염이 덜 되어서 신선하다고 생각할까요?"

김 센터장이 생수병에 든 물을 컵에 부어서 마시고는 말했다.

"사회복지를 확산하는 데는 결국 국가정책을 잘해야 합니다. 기부금 세액 공제를 높여야 합니다. 지금은 소득의 25%를 공제하고 있지만 75%를 공제해 준다고 합시다. 그러면 나눔의 문화가 사회 이슈화되지 않겠습니까? 결국 국민의 안전과 보건, 국방과

교육 등을 위하여 사용하는 세금의 역할을 하는 것이 아닐까요?"

귀빈으로 참석한 분들은 사회복지에 대한 생각을 나누면서 행운주식회사 김치공장이 크게 발전하기를 바라며 장애인에게 애정과 희망을 심어주는 신부님, 임 원장과 직원의 기획력에 무한한 박수를 보냈다.

승우는 '일이 없으면 삶도 없다'는 한국장애인직업재활시설협회 표어처럼 장애인이 근로를 통해서 당당한 사회인으로 자립할 수 있도록 하는 시설에 참여할 수 있어 감사했다. 행운주식회사 김치공장이 더 많은 장애인 고용을 창출할 수 있도록 기원하며 기공식을 마치고 임 원장이 챙겨주는 떡을 몇 개 들고, 그의 차에 시동을 걸었다. 그는 행운주식회사 김치공장의 기공식을 음미하듯 떡을 조금씩 먹으며 차를 몰았다.

돌아오는 길 내내 〈당신은 사랑받기 위해 태어난 사람〉 노래가 귓전에 울려 퍼지고 있었다.

수필 편

내
모
습
대
로

내 모습대로

서울 출장지 가까이 있는 여의도공원을 걸어 보았다. 가을이라 꽃으로 수놓던 여의도공원이 어느새 낙엽이 흩날리고 있었다. 낙엽을 밟으며 공원 주위를 돌아보았다. 붉고 푸르게 흩날리는 낙엽들은 너무 아름다웠다. 바람 따라 어디든 가고 있는 낙엽. 나는 왜 이렇게 가을이 좋고, 낙엽이 좋을까. 자연은 어머니를 보는 것처럼 편안한 모습으로 우리를 반기기 때문일 것이라는 생각이 들었다.

붉게 타오르는 단풍나무 아래서 발길을 멈추고 햇볕에 투명하게 빛나는 단풍잎을 보았다. 온몸을 곱게 물든 단풍잎도 있고, 반 정도 물든 단풍잎도 있고, 벌레가 갉아먹었는지 상처 입은 단풍잎도 있었다. 전체를 보면 나무들이 모여 횃불을 밝히는 것처럼 단풍나무는 서로 어울려 세상을 붉게 수놓고 있었다. 전체를 보면 조화로운 세계가 보이지만 하나를 보면 하나의 세계가 보이는 단풍 잎새들 바람에 떨어지는 낙엽을 한 잎 주워 자세히 들여다보았다. 벌레가 갉아 먹었는지 상처 입고 바람에 쓸쓸히 흩날리고 있었다.

상처를 입으면 흩날리는 것일까. 낙엽은 가난과 어머니 잔소리에서 벗어나려고 세상을 떠나려 한 일처럼 흩날렸다. 비실거리는 아픈 모습을 숨긴 걸음으로 직장생활을 하다 걸음을 들먹이며 해고 통지를 받은 나의 과거처럼 흩날리었다. 흩날리다 멈추고 또한 바람이 불면 흩날리다 멈추고 계속 바람을 따라가고 있었다. 아픈 몸으로 흩날리며 여러 번 직장을 옮겨야 하는 슬픈 운명의 낙엽이었다.

바람이 불자 나뭇잎들이 우수수 떨어졌다. 상처 입은 나뭇잎들이 떨어졌다. 저 나무들은 상처를 떨어트리고 봄이면 새순으로 새롭게 거듭날 것이다. 그 모습대로 그 자리에서 햇볕에 빛나는 무성하고 아름다운 나무로 자랄 것이다.

나무들은 자기 모습을 숨기지 않았다. 아프면 아픈 대로 타고난 성품대로 신체에 맞는 행동과 언어로 바람에 흔들렸다. 나무의 맑고 투명한 잎을 보면 단식수련을 거치고 독서를 통해 열려있는 생각들로 가득 찬 맑고 아름다운 영혼을 보는 것 같다. 어느 잎인들 각자의 모습대로 햇빛을 받아 지상을 아름답게 꾸미고 있지 않을까?

나뭇잎은 나뭇가지에 앉아 바람의 말을 경청하고 있었다. 가끔 고개를 끄떡이는 나뭇잎은 조용한 가운데 권위가 깃든다고 조용하게 바람을 따라 흔들리고 있었다.

속살거리며 흐르는 냇물과 속삭이는 숲의 새들이 이 숲에서 저 숲으로 푸드덕 날아다녔다. 비둘기는 호수 주변에서 기웃거리며 먹이를 찾아 열심히 부리로 쪼아 먹고 있었다. 마음의 언어는 세상에서 가장 아름다운 언어일 것이다.

생각에 잠긴 것 같은 낙엽. 우리에게 사색하게 하고 때로 비참하면서도 위대한 것을 생각하게 하는 낙엽. 왜소한 몸이라 남 앞에 나서는 것을 피해 오더라도 오직 저만의 색깔과 향기로 살아가는 나무. 자신의 고유함이야말로 진실되고 아름답지 않은가. 벌레가 갉아먹은 낙엽이라도 자신의 모습 그대로 바람에 몸을 맡기고 흩날리는 모습은 아름다웠다. 나의 마음도 여의도 공원 낙엽처럼 울긋불긋 가을 속에 흩날리고 있었다.

사랑앓이

너를 보는 시간은 휴식의 시간이다. 팍팍한 도시에서 벗어나 공원에서 휴식을 하는 것처럼 나를 즐겁게 한다. 너의 내용들이 시간의 아가리에 먹혀 잊힌 과거가 될지라도 푸른 숲의 바람으로 싱그럽다. 너는 나에게 마술의 세계, 명상의 세계로 안내하며 풍요로운 시간을 가져다준다. 과거는 흘러갔고 미래는 알 수 없는 것, 나는 오직 현재 시간을 행복하게 살아가게 하는 네 가슴 숲을 산책한다. 밥을 먹을 때도, 화장실에서도, 걸어가면서도, TV를 보면서도 너를 보고 있는 시간은 싱그럽고 편안하다.

너는 영성이 맺어주었기에 더 깊이 빠질 수 있어 같이 지내는 시간은 너무나 행복하다.

한참 너를 읽을 때 나를 아는 사람이 "그렇게 너를 많이 읽으면 머리가 터지지 않느냐?"라고 말할 정도 빠져 지냈다.

너를 읽으며 몰입하는 시간은 그렇게 편안해서 좋다. 너는 내 성격과 너무도 잘 맞는다. 육식도 담배도 술도 잘 못하니 모임 자리를 기피하는 나는, 말하면 머리가 아파 생각만 하는 편이니 너와는 성격이 너무 잘 맞는다. 궁합이 잘 맞는 벗이라 할까. 단식을 매년 하는 운명을 가진 생의 동반자라 할까. 너를 읽으면 읽을 거리가 많을수록 인생의 보물 하나씩 캐낸다. 지혜의 광맥을 따라가 암석 깊이 묻혀 있는 보석을 발견하고 캐낸 보물의 재산이 쑥쑥 늘어난다.

너에 대한 광적인 사랑은 초등학교 때 만화방을 차리게 하였고, 잃어버린 건강으로 깡마른 몸에 영혼을 살찌워 주었다. 너는 사랑, 운동과 함께 생명 유지의 필연적인 에너지다.

내가 너를 읽는 동안만큼은 마음이 초원에 있다. 너의 흡입력에 빨려들다 보면 너를 읽는 일이란 정신적 치료의 명약이라는 생각이 든다. 감동을 주고, 지식욕을 충족시키는 너에게 빨려들다 보면 자연 정신집중이 되고 카타르시스를 얻는다. 너는 단식 중 오는 고통과 외로움을 달래주며 나 아닌 다른 사람들을 이해하게 한다. 너는 명상적인 나의 생을 뒤흔들고, 호기심을 불러일으키고, 빈곤한 상상력에 날개를 달아주며, 건조한 말에 물기를 주기도 한다. 너는 조리 있게 말을 할 줄 모르고 순발력이 없어 뵈는 사람에게도 항상 편안하게 대해 준다.

어느 사업의 성공도 너 하나의 무게만큼도 못할 것이다. 인류의 역사를 이룬 사람들 대부분이 너를 광적으로 사랑했으며, 나에게 도 너야말로 생활의 보물이다. 너는 나의 보물, 네 속에 파묻혀 지낼 수 있는 현대에 살아가고 있으니 너무 행복하다. 너에 대한 광적인 사랑으로 도서관에서도 너를 탐닉하고 날마다 행복을 읽 는다.

여행의 악기

우리는 흔히 인생은 긴 여행이라고 말하며, 또한 여행은 '생각의 산파'라고 한다.

하동을 가면서 하동 솔밭 아래 섬진강 갈대밭 산책길을 걸으며 섬진강 갈대밭은 빛에 굴절되는 강물과 갈대밭에서 지저귀는 새들의 멜로디가 하모니를 이루어 한 폭의 그림 같다.

잔잔하게 펼쳐진 강물이 평화로이 반짝이는 섬진강 갈대밭 풍경을 구도로 잡아 한 폭의 그림을 설정하여 본다. 음악을 틀어놓고 그리는 그림에 빨려 들어가는 것을 느낀다. '느낌이 있습니까?'라는 말대로 느낌이 있는 풍경으로 다가온다. 어떤 음악가도 담아낼 수 없는 신이 창조한 풍경의 음률은 온몸으로 파고들어 전율케 하였다.

신혼 초에 아내와 다투고 울적한 마음을 지우기 위해 아내와 아이를 데리고 버스를 타고 부여로 여행을 떠난 적이 있었다. 가을이라 여행지 고궁마다 잔잔한 클래식 음악이 깔려 흐르고 있었다. 소복하게 쌓인 낙엽 위로 흩어지는 울긋불긋한 바람의 선율이 들리는 듯하였다. 노랗고 붉은 나뭇잎들이 가을을 아파하고 있었다. 아내도 가을에 취한 듯 풍경 속에 빠져들어 내내 나의 팔짱을 끼고 걸었다. 여섯 살 된 우리 딸 송이도 여행지 숙소에서 뒹굴며 너무 좋아하였다.

자가용이 없던 시절에 병약한 나는 일요일이면 방에서만 뒹굴었는데, 자가용으로 여행을 갈 수 있고부터는 생활이 달라졌다. 자가용은 웅크리던 삶을 일어나 달리게 하였다. 덕분에 울적한 마음도 자연이 타는 음률을 들으며 순화시킬 수 있었다. 미지의 세계를 탐구하고픈 여행의 신성한 자극이 생활의 에너지를 주었다.

아픔의 연속이었던 나는 죽기 전에 세상 구석구석을 다녀보고 싶었다. 소망은 머리에 떠올리는 이미지라 하였던가. 운명의 문은 절실하면 열린다고 신은 다행히 차량으로 업무를 보는 직장을 주었으며 해외여행의 기회도 자주 주었다. 나는 외국의 풍경이든 직장의 업무를 보기 위해 차를 타고 가다가 보는 풍경이든 구도를 그려서 본다. 그러다 보면 생활 주변은 쉽게 아름다움으로 채워진다.

매일 똑같은 길을 차를 타고 출퇴근하는 상황을 심리학에서는 '터널링'이라고 한다. 이것은 새로운 자극이 없는 것을 뜻한다. 교통량이 많은 지역을 출퇴근하는 사람은 스트레스 호르몬 수치가 높다고 한다. 그러나 운전은 즐겁게 하면 스트레스가 풀린다. 일상의 길도 다른 각도에서 보면 봄, 여름, 가을, 겨울의 풍경이 다르다, 원근, 높낮이, 폭과 깊이, 비오는 날 등, 그날의 마음에 따라 낯선 길처럼 느껴지기도 한다. 일상의 길에도 시가 가득하고, 늘 다니는 길에도 음악이 흐른다고 생각하면 지루하기 쉬운 일상에 새로움을 준다.

다섯 번 차를 바꾸면서 백만 킬로 이상 달렸으니 지구를 스물다섯 번 이상 돌면서 여행을 한 셈이 된다. 여행지의 감동은 언제나 가슴 뛰게 하고 창조력을 키워주며 감성을 다루는 악기로 행복을 연주한다.

여행이란 우선 생활이 안정되어야 마음을 편안히 가질 수 있으니까 일한 후 휴식 속에서 더욱 빛난다. 죽으면 끝나는 삶, 하루살이처럼 하루를 전 생애라 생각하면 시간 시간이 여행이지 않을까. 꽃은 찾아다니는 편에 서서 잔잔하게 웃는 것처럼 여행을 하면서 보는 자연에 가만히 귀 기울이면 또 다른 세계를 보는 눈이 열리고 잔잔한 자연의 음악을 들을 수 있다.

추억의 보석상자

누구나 가슴에 추억의 보석상자를 품고 산다. 가을이면 나이가 들수록 추억을 먹고 산다는 말을 알 수 있을 것 같다. 세상 먼지를 씻어주는 바람과 촉촉하게 젖어 있는 울긋불긋한 단풍, 단풍의 색상을 놓치지 않으려는 듯 온몸으로 유채화를 그려내는 냇물, 맑은 하늘과 달콤한 바람이 코끝에 스치는 산골짜기, 목적지도 모른 채 바람 따라 방황하는 낙엽, 말없이 흐르는 구름, 모두 그리운 추억의 표상이다.

내 추억의 보석상자에는 월악산 2박 3일 향기가 담겨 있다. 장애인복지시설에 첫 발을 디딜 때 "여기에서 같이 늙어 갑시다."라고 말해 주던 부산장애인생산품판매시설장과 장애인복지시설 생활이 낯선 나에게 '과공이 비례'라고 첫사랑같이 대해 준 보건복지부 소속 고영숙 사무관과 같이한 기억이 담겨 있다.

고 사무관은 아침 산책길에서 같은 동향이라고 부산, 울산 시설장과 나에게 많은 관심을 주었다. 그녀는 아침이슬이 촉촉하게 젖은 붉고 푸른 나뭇잎 사이로 걷는 산책길에서 우리 일행과 같이하였다. 그녀는 야위어 남 앞에 나서는 것도, 사진 찍는 것도 기피하는 나를 모델로 많은 사진을 찍어 주었다. 보잘것없는 사람에게, 부족한 것뿐인 사람에게 사랑 가득 넘치는 따뜻한 가슴으로 관심을 가져 주었다.

그녀는 나에게 메리골드 꽃 속에 앉게 하고, 자신의 모자를 씌워주고, 자세를 잡아주며 사진을 찍어 주었다. 그녀는 월악산 골짜기에서 노랗게 익은 벼를 지키고 있는 허수아비를 연출시키는 사진이며, 가을의 향기를 흠씬 품을 수 있도록 머플러를 하고 바람에 휘날리는 모습도 찍어 주었다. 월악산의 단풍, 가을과 바람, 골짜기의 향기까지 추억의 보석상자에 담아 주었다.

워크숍을 마치고 월악산의 향기가 채 마르기도 전에 그녀는 예술적 사진들을 골라 액자에 넣어서 선물까지 해주겠다고 하였다. 나는 부담스럽다고 받지 않으려 했다. 그러나 그녀가 던져준 말 한 마디는 금석의 말이었다. '과공이 비례(過恭以 非禮)' 즉 지나친 겸손은 실례라는 말이었다. 사랑을 주어도 받지 못하는 것은 큰 실례라는 말이었다. 어느 정도 세상을 경험한 나이였지만 그런 깊이 있는 말을 알지 못했다. 그러한 사랑을 알았다면 결례를 범하는 일은 없었을 것인데 후회되는 일이 떠올랐다.

한국방송통신대학을 다닐 때 늦은 나이에도 과락점수 없이 졸업한다고 국문과 동기 회장과 지역 국문학과 회장이 마산시장 표창장을 상신하려고 몇 번이나 권하였지만 탈 자격이 없다고 사양하여 결국 다른 사람에게 주어지는 일이 있었다. 지금 생각하면 얼마나 큰 결례를 범했는지 알 수 있었다. 인생은 경험한 만큼 산다고, 경험의 폭이 얼마나 중요한가를 보여주었다.

그녀가 나에게 건넨 액자의 사진과 '과공이 비례'라는 말은 세상을 향한 눈을 다시 뜨게 해주었다. 웅크린 삶이 아니라 적극적으로 피는 꽃처럼 살아야 한다고 알려 주었다. 돌계단을 올라가다 본 돌 틈 사이에 핀 제비꽃처럼, 생의 모퉁이를 환한 미소로 밝혀주는 아름다운 여인처럼 적극적으로 꽃을 피우는 삶을 살아야 한다고 말하였다.

이러한 추억의 보석상자가 내 생에 있다는 것은 신의 큰 축복이었다. 월악산 워크숍의 맑은 물과 바람, 울긋불긋한 숲의 신성한 공기와 사진은 내 생명에 신성한 바람이었고, 아름다운 꽃이었다. "여기서 같이 늙어 갑시다." 얼마나 정겨운 말인가. '과공이 비례', 얼마나 금석 같은 말인가. 폭우를 견디고 뿌리 뽑힐 듯 쓰러진 나무에서 푸른 싹이 돋고 세상을 환히 밝히며 피는 꽃처럼 생명력을 불어넣는 에너지 같은 말이었다. 칭찬이나 관심을 많이 받으면 자아의식이 충만해진다고 하는 심리학적인 용어가 아니더라도 월악산 워크숍에서 가지고 온 내 추억의 보석상자를 가끔 열어보면 금석 같은 말의 향기가 은은하게 퍼져 나온다.

운명을 바꾸는 기도

아내는 휴일인데도 새벽같이 일어나 성모상 앞에 촛불을 켜놓는다. 이어서 친정아버지 사진과 김수환 추기경 사진을 펴놓고 기도한다. "사랑이란 하느님에 대한 사랑이 진정한 사랑이다."고 기도한다. 이종조카는 아내를 기도 속에서 살아온 장모님 후계자라고 칭한다. 처남은 아들딸과 아무 탈 없이 잘 지내는 것은 "어머니의 기도 빨"이라고 한다. 나 역시 갈대 같은 몸으로 이 나이까지 아무 탈 없이 살아온 것은 여인들의 기도 빨이지 싶다.

생각해 보면 나는 태어나서부터 여인들이 깔아준 기도의 요람에서 자랐다. 결혼 전에는 어머니가 매일 장독대에 정한수를 떠놓고 기도했다. 부엌의 조왕신에게 빌거나, 제사 때에도 조상에게 오직 자식의 안과태평을 위해 기도하였다. 결혼 후는 어머니와 장모님, 아내 세 여인의 기도 속에서 살아왔다.

토마스 아퀴나스는 "움직이는 모든 것은 시초에 움직이게 하는 힘이 있다."고 했다. 생명을 움직이게 하는 것이 우주의 에너지인지 알 수 없으나 절대적인 힘을 우리는 신이라고 일컫는다. 라틴 격언에 "존재하는 것은 다 선이다."라고 한다. 우리가 말하는 신은 생명, 정의, 진리와 사랑이고 선이다. 우리에게도 우리를 지켜주는 수호신이 있다. 생명의 존귀함, 사랑과 선, 백지 같은 마음으로 절실하게 기도하면 백퍼센트 이루어지도록 들어주신다. 기도가 운명을 바꾼다는 것도 이러한 이유에서다.

전쟁 중 참호 속에서는 기도하지 않는 사람이 없다고 한다. 인류 역사가 시작된 이래 인간은 기도로 풀 수 없는 엄청난 기적들을 체험했다. 세계 4대 종교 성인에게는 맑고 깨끗한 기가 있어 깨달음을 얻는다고 한다. 고대사회에서는 지도자의 기도는 신과 통한다고 생각하였다.

그러므로 인간은 신이 있어야 행복할 수 있도록 운녕 지어져 있다. 그러므로 "내가 너희에게 말하노니 무엇이든지 기도하고 구하는 것은 받은 줄로 믿으라, 그리하면 너희에게 그대로 되리라."(막11:24)는 말처럼 기도하는 대로 인생의 길을 걷도록 되어 있다.

기도는 보이지 않던 어두운 곳을 보게 하는 빛이다. 기도는 뜨거운 여름 편백나무와 대나무 숲 사이로 불어오는 시원한 바람과 같고, 냇가에 흐르는 맑은 물과 같다.

아랍 격언에 "자기 옷을 빨듯 자기의 마음을 씻어라."는 말이 있다. 기도는 마음을 맑게 씻는 일이다. 아내는 기도하면 맑고 깨끗한 영이 통하여 귀신 같다고, 자신을 속일 생각은 절대 말라고 한다. 팽팽한 신경의 줄로 이어져 있는 마음도 기도를 하면 잔잔해진다. 기도에 집중하며 신에게 가까이 가는 길로 어려움을 극복하는 힘을 얻는 것 뿐 아니라 종래에는 운명까지도 바꾼다.

아내는 아침, 점심, 저녁으로 말없이 기도한다. "이 우주에서 침묵만큼 신의 모습을 닮은 것은 아무것도 없다."고 한다. 신에게 귀의하는 마음으로 기도하는 아내의 얼굴은 그지없이 평화롭다. 또한 기도하는 아내의 모습은 아름답다.

기적적인 삶

　나는 그이에게 마음을 빼앗긴 지 오래다. 손을 잡고 같이 걷고 싶은데, 내 마음은 아랑곳없이 차가 다니는 길을 뛰어간다. 위험하다. 손을 잡고 보호해 주고 싶은데 뛰어가기 바쁘다. 그렇게 마음을 졸이게 해 놓고도 품에 안으면 방실방실 웃는 모습에 긴장한 맘 눈 녹듯이 풀린다. 내 마음을 졸이게도 하고 풀리게도 하며, 마음대로 좌지우지하는 그이이다. 그이는 아직 말을 못하니 주위에 친밀감을 주기 위해 말 대신으로 방글방글 웃는다. 말을 못하니 하고 싶은 행동을 손으로 끌어당기든지 밀치든지 하여 의사를 표시한다.

　그이가 크는 과정을 보면서 기적적인 삶을 느낀다. 그이는 아파트 놀이터에서 그네 타는 것을 좋아한다. 그이는 아파트 놀이터로 뛰어가 그네에 태워달라고, 그네를 잡고 앉는 자리를 툭툭 친다. 말을 못하니 의사표시를 행동으로 하는 그이의 손을 잡고 그네에 태워준다. 그이에게서 잠시라도 눈을 떼면 다른 아이가 그네를 타려는 곳으로 뛰어가다 그네에 부딪혀 뒤로 넘어진다. 그이는 나에게 잠시도 한눈을 팔지 말라고 한다. 한눈을 팔면 아슬아슬한 순간이 있으니 손을 꼭 잡고 다니라 한다.

그이는 계단에 대한 인지력이 없어, 계단을 평지 걷듯이 걷다가 넘어진다. 아기가 넘어지고 일어서는 과정에서 넘어져도 일어나야 하는 삶을 배운다지만 수호신이 돌보지 않는다면 안 될 일이라는 생각이 든다. 그이가 커가는 과정 모두 기적이 아닌 것이 없다. 그이를 보면 신이 있지 아니하고는, 인간이 성인으로 자라고 노년까지 가서 죽음을 맞이할 수 없겠다는 생각이 든다. 삶 자체가 바로 기적이라는 것을 알 수 있다.

그이는 나에게 기적적인 삶을 사는 인간은 신의 뜻에 어긋나지 않도록 열심히 성실하게 잘 살아야 한다고 가르친다. 그이를 안으면 가슴 뛰는 삶이 얼마나 행복한가를 알게 해 준다. 그이는 삶이란 신의 보살핌이 있어야 한다고 말한다. 그이를 보면서 낳아주고 키워준 부모의 은혜가 얼마나 큰지 뼈저리게 느낀다. 그이는 부모의 몸을 빌려 세상에 태어났지만 생명은 신의 것이지 인간의 것이 아니라는 것을 행동으로 말하는 것 같다.

그이를 보면 흔히들 '벽에 똥칠할 때 철이 든다.'라고 하는 말을 깨닫는다. 그이는 삶의 과정은 모두 기적이라고 한다. 그이를 보면서 나는 기적적인 삶을 생각한다. 나는 세상에 기적적으로 태어나 홍역을 앓을 때, 곧 죽을 것이라고 윗목에 밀쳐놓았는데 기적적으로 일어났다. 고 1년 때 가난이 싫고 어머니 잔소리가 싫어 세상을 떠나려 하였으나 기적적으로 살았다. 고등학교 졸업하고 해수욕장에서 수영하다가 배 밑에 빨려 들어가 죽음을 맞이하였을 때도 기적적으로 살았다. 스쿠버 다이버를 배우다 잠수병에 걸리는 등 병마에서도 기적적으로 살았다.

육체의 아픔으로 죽음보다 더한 세월도 있었지만, 단식을 하고 기적적으로 살고 있으니 어찌 삶은 기적이라 아니할 수 있겠는가. 그이는 나의 품에 안기며 방긋방긋 삶은 기적이라고 말하는 것 같다. 방긋방긋 웃는 그이를 안으며 오늘도 행복을 가득 안는다.

바다의 말

　나는 말이 없는 편이지만 시간 나는 대로 바닷가에 가서 바다와 이야기를 한다. 두껍던 햇살이 풀리는 날 마산 내포리에 위치한 해양 드라마 촬영장 나루터 위에서나 주변 바닷가에 가서 하염없이 바다를 본다. 바다를 보면 나의 마음을 무엇에 홀리듯 바다에서 눈을 떼지 못한다. 그러면 바다는 햇빛에 반짝이며 바다 바닥까지 투명하게 보여주며 이야기를 해준다. 바닥에서 파도에 굴절된 햇빛이 그물처럼 눈부시게 빛나며 바다는 바람의 발자국을 찍어내는 파도가 그려내는 빛의 문양은 바람의 보폭에 따라 달라진다. 바람이 힘차게 달릴 때는 화살 모양을 그리고, 바람이 천천히 흐를 때는 고기비늘처럼 눈부시게 반짝인다. 아름답게 반짝이는 햇빛의 무늬를 햇빛이 물속에 그려내는 그림으로 아름답기보다 황홀하다. 어쩜 나를 감금하는 어떤 그리움의 그물처럼 일렁인다. 물밑의 돌과 모래 위에 황금색으로 바람의 파장에 따라 그리는 그림은 우주가 대지에 그리는 그림이라는 생각이 든다.

바다에서 물고기 비늘 같이 일렁이는 물결을 보면서 이 또한 우주의 언어는 아닐까 생각이 든다. 물고기 비늘을 보면, 바람이 물에 이는 파장과 닮았다. 이를 보면 물결의 무늬를 가진 물고기가 바다에서 빠르게 유영할 수 있는 것은 파장과 무관하지 않을 것이라 생각이 든다. 우주의 신비를 알 수 없지만 물결을 보면 그들만의 이야기가 들리는 것 같다. 해양드라마 촬영장 나루터 아래 바다이거나 바다는 실루엣의 그림으로 아름다움에 젖게 하고, 복잡한 마음을 읽어 내듯 무언가 조곤조곤 이야기를 해 준다.

바다가 이야기를 해준다는 것은 물의 결정체를 연구한 일본의 '에모트 마사루' 박사가 잘 말해 주고 있다. 에모트 마사루 박사는 1994년부터 8년간 물의 결정체를 연구한 결과 "물은 생명의 답을 알고 있다."고 밝혔다. 물은 글을 알고 있어, 들을 수도 있고 볼 수도 있다고 한다. 아름다운 말과 글에는 물의 결정체를 아름답게 만들고, 불쾌한 말에는 물의 결정체를 불쾌하게 만든다고 한다. 물의 결정체의 변화는 한 나라 말에만 국한되는 것이 아니고 모든 나라 말에 통용된다고 하니, 이는 파장의 작용이지 않나 싶다. 뇌파가 우주와 연결되어 있다는 것도 틀린 말이 아닌 것 같다.

서양 격언에 "꽃은 주인의 마음이 담긴 색채로 핀다."고 한다. 우리의 마음도 뇌의 작용이다. 바다의 파장으로 무언가 말하고 있다. 사랑하라, 아름답게 살아라, 감사하며 살아라, 맑은 마음으로 살아라, 자신에게 감사하라며 일렁인다. 어쩜 물이 그려내는 그림이 황홀한 것은 극락을 그리는 것일 수도 있다. 그동안 과학이 밝혀낸 우주는, 물 75%와 헬륨 24%, 산소 외 기타 1%의 원소로 구성되어 있다고 한다. 인체도 물이 70% 이상이라 한다. 그래서 직감이 맞아 들어가는 것은 우주와 함께 물처럼 파장으로 반응하는 것이지 않을까 싶은 것이다.

내포리 맑은 바다는 어머니의 품같이 편안해 풍덩 뛰어들고 싶어진다. 그 옛날의 마산 앞 바다처럼 수심 깊이 물고기를 보며 아무 걱정 없이 놀던 어린 시절의 나를 말해 주는 것 같다. 잔잔하게 일렁이는 바다를 보면 아무리 폭우로 격정의 파도가 몰아치더라도 시간이 지나면 곧 고요가 찾아오는 것처럼, 우리 삶의 슬픈 일이든 고통스러운 일이든, 시간이 지나면 바다처럼 평온해지는 것을 말함이리라. 마산 해안도로 해양 드라마 촬영장 나루터에서 햇빛에 굴절되어 파도 무늬를 그려내는 바다는 무슨 말을 하고 있을까. 내가 누구에게 말 못 했던 사연을 털어 놓으면 바다는 그래그래 고개를 끄덕이는 것 같다.

감동을 주는 말

    지역사회개발복지 박사과정에서 평생교육학을 학습하면서 교수와 동기생들과 같이 식사를 하는 자리에서였다. 나는 늦은 나이에 야윈 콤플렉스로 "옛날에는 통통했는데 아프고부터 말랐다."라고 신상 이야기를 하였다.

    내 말을 듣고 있던 Y교수는 "지금도 훈남입니다."라고 말해 주었다. 나는 남 앞에 나서는 것을 꺼려 했지만 Y교수의 말로 용기를 가질 수 있었다. Y교수의 말 한마디에 존경심이 자연스럽게 우러났다. 중국 속담에 "내 마음속에 초록색 가지 하나를 간직하면 그 위에 노래하는 새가 날아와 앉는다."는 말이 있다. Y교수의 말 한마디가 내 마음에 초록색 가지가 되어 이삼십 대와 같이하는 자리에서 부담 없이 이야기할 수 있었다. 감동적인 말은 최면을 거는 마력이 있는가 보다. 교수와 동기들과 함께하는 시간이 행복하기만 하였다.

평생교육이란 인간은 교육을 받지 않으면 정지되고, 학습을 하고 있는 한 계속 성장 발달한다고 하는 데서 출발한다. 많은 책을 읽으면 생각이 바뀌고, 생각이 바뀌면 행동이 바뀌고, 결국 교육이 사람을 변화시킨다는 말이다. 평생교육의 아버지라 불리는 랭그랑(Lengrand)은 "평생교육은 모든 국민들에게 평생을 통해 각기 자신이 가진 다방면에 걸친 소질을 계속적으로 발전시키고, 사회의 발전에 충분히 참여할 수 있게 하는 교육을 말한다."라고 정의하고 있다. 선진국일수록 여유 시간에 자기를 개발할 수 있는 평생교육제도가 잘 되어 있다. 스웨덴, 덴마크, 독일 등 선진국에서는 대학원 석사과정까지 무료이며, 직장에 다니면서도 얼마든지 공부할 수 있는 평생 교육시스템이 잘 되어 있는 나라이다. 우리나라도 사회복지사는 포화상태로, 사회복지의 선진국형인 평생교육이 뜨고 있다고 한다. 평생교육이란 많은 이론도 있지만 감동적인 말 한마디 같은 것이지 않나 싶다.

추운 겨울 창밖 풍경이 손에 잡힐 듯 보이는 휴게실에서 훈훈한 유머로 채우던 날이었다. 둥그스름한 얼굴에 은회색 코트와 중절모가 더욱 멋있게 보이는 Y교수와 같이 점심으로 어죽을 먹기로 하였다. 어죽에 대나무술 한잔을 곁들이는 자리에서였다. ≪님아! 그 강을 건너지 마오≫라는 영화 이야기가 나왔다. 나는 국문학을 전공한 적이 있어, 일연이 지은 삼국유사에서 나온 시인가. 그럴 것이라고 하였다. 그러나 Y교수는 〈공무도하가〉라고 말했다. 나는 순간 Y교수는 천재구나 하는 생각이 들어 감동을 받았다.

Y교수는 교육은 경험을 배우는 것이라고, 경륜에 높은 점수를 주었다. 실지 평생교육은 평생 동안 하는 교수이니까 살아온 경륜을 감안해야 하는 학문이기도 하다. 그것은 평생교육 개념에는 총체성, 보편성, 통합성, 융통성, 민주성과 같은 특성이 내포되어 있기 때문이다. 나는 존재 안에 우주가 있다고 본다. 행복이란 자기 존재의 가치를 알아가고 높여가는 데 있다. 인간의 존재가치란, 은하계 사천만 개의 행성 중 하나인 지구, 우주 속의 인간임을 인식하고 나를 버릴 수 있는 상태이지 않을까. 이러한 우주 진리에 가까이 갈 수 있는 연륜은 존경받아야 한다고 생각한다.

나는 ≪님아! 그 강을 건너지 마오≫ 영화가 마음에 와 닿는 나이가 되었다. 시간 시간 감동을 받으면서 행복하였으면 좋겠다. 감동적인 말은 상대의 고통을 어루만져 주는 말이다. 감동적인 말은 목표를 향해 걸어가는 사람에게 어려운 고비를 마지막까지 걸을 수 있도록 용기를 주는 말이다. '칭찬은 고래도 춤추게 한다.'고, 좋은 말을 아끼지 않으면 사람의 가슴과 사회를 밝아지게 한다.

지금껏 살아오면서 배운 공부는 사람 관계의 공부였다. 평생교육학의 박사과정도 어떤 목표나 학문의 성취보다 Y교수의 말 한 마디로 족했다. 칭찬은 듣는 사람의 보물창고에 추억으로 쌓여 인생을 기쁘게 한다.

감동적인 말을 하는 사람은 이 세상에서 행복한 숲을 가꾸는 정원수이다. 감동적인 말은 사람의 가슴에 푸름을 심어주는 마법의 주문이랄까. 세상은 상대성 원리라고 감동을 주면 상대가 행복해지고 상대가 행복해지면 내가 행복해지니 말이다.

문은 두드려야 열린다

육체의 아픔이 콜타르처럼 나의 인생에 들러붙어 지워지지 않았다. 때로는 먹구름이 되어 비가 내리기도 하였다. 비가 목마른 나무를 적시며 촉촉하게 내리는 어느 날이었다. 비는 차창에 꽃잎처럼 부서지고, 빗소리는 교향악 같았다. 나는 청춘기에 비 맞는 것을 그렇게 좋아했다. 쏟아지는 비에 흠뻑 젖어 몇 시간을 걸어 다니곤 하였다.

나는 책읽기와 공부를 좋아했고, 계속 아파왔던 야윈 몸이어서 웅크리고 있던 욕망의 실현과 삶의 자신감을 위해 학문의 문을 계속 두드렸다. 그날은 중년 정도의 여 교수 세 사람 앞에 서게 되었다. 교수라면 많은 독서와 연구, 마음정도를 갈고 닦고 머리 카락이 희끗한 사람으로 은은함이 있었으면 좋겠다고 생각했다.

젊은 여교수는 어려움을 모르는 안정된 환경에서 자란 탓인지 사람을 눈에 보이는 대로 판단하는 정신이 빈약한 교수로 보였고, 그런 이에게 피면접자로 앉아 있으며 자존심이 비가 내리는 것 같았다. 소중한 시간을 비처럼 그냥 흘려보내기 싫고, 가치 있게 쓰고 싶어 문을 두드렸지만 여기는 아니었다.

짧았지만 지루하게 느껴졌던 면접을 끝내고 나온 캠퍼스 마당에는 군데군데 빗물이 고여 있었다. 주차된 차 안으로 엉덩이부터 밀어 넣고 소파에 앉으니 차창에 성에가 끼어 사방이 뿌옇게 보였다. 후드득 굵은 빗방울 떨어지는 소리가 차 지붕을 사정없이 두드린다. 시동을 걸고 성에 지우는 스위치를 누르고 에어컨 바람을 차 안으로 보낸다. 윈도우브러시로 빗방울을 밀어내니 시야가 트인다. 침침했던 면접실을 벗어나 혼자만의 공간에 있으니 편안하게 호흡을 할 수 있었다. 창가에 떨어져 부서지는 굵은 빗방울을 보았다. 유리창에서 굴절되어 여기저기로 타고 내렸다. 죽을 때까지 공부하고 노력하며 살려는 삶의 탑이 스스로 비를 맞아 굴절되는 느낌이었다.

대학가에 즐비한 고층빌딩 앞에서 적색 신호를 받았다. 비는 끊임없이 내리고 많은 차들이 빗속에서 신호를 기다린다. 나의 인생은 목표를 향해 직진하다가 기다리라는 신호를 받고 있었다. 세상은 모두가 인연이지 않은가. 직장도, 학교도, 사람도 인연이 있어야 한다. 문은 간절하게 두드려야 열리는 것이다. 나는 두드리면 열어주는 운명의 여신을 사랑한다. 단식을 하며 직장을 다녀야 할 때 국세청에서 조세감면을 받아내어 매년 단식을 할 수 있었다, 몸이 약하여 많은 사람을 만나는 장사를 배우고 싶다고 하였을 때 도매업으로 옮길 수 있었고, "나이 들면 할 수 있는 일이 사회복지밖에 없다."는 말을 듣고 사회복지 일을 하고 싶었을 때 사회복지시설에서 근무할 수 있었다. 사회복지시설에 대한 공부와 도움이 되고 싶어 박사과정 면접을 본 것이었다.

신호등이 바뀌어 교차로를 지나 해안로로 차를 몰았다. 비는 끊임없이 내린다. 비는 생명의 원천이다. 생명의 비를 맞을 수 있는 한, 바라는 바는 이루어지는 것이다. 바다는 비안개로 부옇게 흐려 있다. 나는 자신을 내려다보며 야위었지만 건강하게 살고 있음을 감사했다. 살아 있는 한 못할 일이 있겠는가. 간절히 두드리면 열린다고 생각하며 비안개 길로 차를 몰았다. 구하는 것만 해도 영적인 에너지를 받는다고 한다. 이런 저런 생각을 하며 달리는 길에 어느덧 내 마음은 빗방울이 잦아들고 밝은 빛이 점점 더 가까이 다가오는 듯했다.

알짜부자

알짜 부자란 겉보기보다 실속 있는 부자를 말한다. 훈장을 단 것도 아니고 손뼉 쳐 주는 사람은 없어도 마음에는 클래식 음악이 흐르는 상태를 말한다. 알짜 부자란 어떤 부의 축적보다 마음이 풍요함을 뜻하는 것이다. 많은 책을 읽어 지혜의 호수를 간직하고, 여행으로 자연과 타인을 배려할 수 있는 여유가 있는 상태를 말한다. 알짜 부자란 마음의 터가 비옥하여 희망의 나무들이 쑥쑥 자라는 상태를 말한다. 생명에 대한 경외감을 가지고 다른 생명과 조화를 이루어 가며, 때로는 마음을 최고의 투자처라고 생각하여 빌딩을 세울 수 있고, 큰 기업을 운영하는 오너가 될 수도 있는 상태를 말한다.

적산가옥에 살아도 마음이 가난하면 가난한 것이고, 바람 불면 날아갈 것 같은 움막집에 살아도 근심 걱정이 없으면 부자이다.

지방에서 백억 원을 가진 사람이 서울에 갔다 와서 나는 거지더라 하는 말을 하면서 살아간다면 거지로 살고 있다고 할 수 있을 것이다. 무일푼인 사람도 마음수련장에 갔다 와서 깨달음을 얻었다고 부자라고 하면서 살고 있다면 부자로 사는 것이라 하겠다. 인생을 어떻게 보느냐 하는 관점의 차이일 뿐이다. 내가 살아 있는 동안 보는 세상은 다 내 세상으로 부자인데 말이다.

내가 존재하여 인식하고 느끼고 있는 소요하는 세계는 장자의 표현대로 '소요유'의 세상이다. 차를 타고 가더라도 세상은 눈을 뗄 수 없는 풍경을 그려낸다. 산이며 들, 넓은 초원에 외로이 앉아 있는 집 한 채의 그 평화롭고 잔잔한 풍경 속에 빨려든다. 어스름이 지는 들녘 초가집 굴뚝에서 연기가 피어오르고, 어딘지 희미한 미로 속에 빠져 들어가는 것 같은 풍경은 얼마나 아름다운가. 이 모두가 나의 재산이다.

나이가 들수록 추억이 많은 이가 알짜 부자이다. 빛바랜 사진처럼 아련하게 각인되는 고향 마을, 여름에 목욕을 하던 개울, 겨울에는 논에 물을 대어 얼음이 언 논에서 나무로 대충 만든 스케이트 타며 놀던 고향의 들녘, 아무런 생각 없이 즐거운 것밖에 모르던 어린 시절의 향수가 있다. 얼마나 풍요로운 재산인가. 이러한 아련한 추억들이 있는 한 알짜 부자이다.

인생 경륜이 많을수록 풍요로운 재산을 누리고 있다. 지구의 어디에든 해가 뜨고 진다. 해가 있으면 그림자가 있고, 해가 진 밤하늘에는 달빛과 별빛이 반짝인다. 어둠 속에서 빛이 더욱 밝게 빛나는 것은 고통 뒤에 기쁨이 더 큰 까닭이다. 이러한 재산이 늘어나는 기쁨처럼 경륜이 쌓이는 기쁨도 있다.

알짜 부자란 마음을 비워내고 행복을 담을 수 있는 상태를 말한다. 그리스의 극작가 소포클레스는 "오늘 내가 헛되이 보낸 시간이 어제 죽은 이가 그토록 그리던 내일"이라고 하지 않았던가. 내게 주어진 시간을 알뜰하게 쓴다면 내가 보는 시야 주변으로는 내 재산들로 가득하다.

한 평 부동산을 잡고 재산을 논하는 사람은 얼마나 가난한가. 내 몸이 우주이고 이 모든 것은 내가 존재하는 한 내 안에 있는 것일진대 나는 아무리 꺼내어 써도 축나지 않는 재산을 시간 틈틈이 향유하고 있다. 오늘은 어디에서 무엇을 하고 어떤 기쁨을 누릴 것인지는 오로지 나의 판단에 달려있다. 오늘은 얼마만한 재산을 활용할 것인가? 나는 인생의 희로애락이 가득한 재산을 곳간에 쌓아 놓은 알짜 부자이다.

강변 휴게소 같은 친구

　차를 운전하다가 강변 휴게소에 들러 강을 바라보면 마음이 편안해진다. 전망대에 앉아서 커피를 마시고 강을 둘러보면 어느새 마음에 클래식 음악이 깔린다. 작은 새 무리 같은 햇살이 강물과 도란거리고 황금빛 모래와 푸른 숲이 내 마음을 아름답게 채색한다.

　세상의 짐을 싣고 달리다가 휴식을 취하면서 볼 수 있는 강변 휴게소 같은 친구가 있다면 큰 기쁨일 것이다. 강의 절벽 옆에 때묻지 않은 원시의 숲과 은빛 음영의 물결이 도란도란 이야기를 꺼내어 준다. 그림 속에 들어가고 싶어 헐렁한 옷을 입고 운동화를 신고 강변으로 내려가면, 산들바람 이는 금빛 모래사장과 강물이 반긴다. 강을 바라보노라면 외로움과 공허함도 흘려보내는 지혜가 있고, 생동감이 있다.

강변 휴게소는 고속도로를 타고 가면서 만나는 산청휴게소도 있고, 강원도 홍천강휴게소도 있다. 그렇지만 이들 휴게소는 강변으로 내려가서 보기가 어려운 휴게소이다. 그래도 강의 풍경에 젖어 들어 마음도 같이 흐를 수 있는 휴게소이다. 강변으로 펼쳐진 드라이브 길이 강변을 바라보는 사람을 유혹하기도 한다.

강변으로 내려갈 수 있는 휴게소는 마산에서 서울에 갈 때 들러 휴식을 취하는 금강휴게소가 있다. 금강휴게소에서 금강을 바라보면 강물은 은혜로운 말씀처럼 흐른다. 강변 휴게소에서 오솔길에 있는 선사(禪寺)를 보면, 자신의 존재를 생각하며 걸을 수 있는 길이 나오고, 나를 찾아가는 삶의 여정에서 휴식을 취할 수 있는 곳이 곳곳에 있다.

강의 선착장에는 수상스키, 보트, 놀이기구, 낚시를 관리하는 숍이 있다. 강의 상류와 하류가 어우러진 강변에 줄지어 서 있는 포장마차를 볼 수 있다. 산책길에는 생선국수, 백숙, 올갱이국, 쏘가리회, 부침개, 빙어회 간판이 줄지어 있다. 금강휴게소는 화장실에 가도 강변 쪽은 유리로 되어 탁 트인 강변 풍경을 볼 수 있다. 금강휴게소에는 농특산물 판매장, 의류매장, 커피점, 구두 쇼핑 매장, 2층에 롯데리아, 편의점이 있어 휴양지 같다.

늘 가까이 있어 가서 만나고 싶을 때면 언제든지 만날 수 있는 강변 휴게소가 있다면 더욱 행복할 것이다. 봄, 여름, 가을, 겨울 다른 모습으로 한 폭 풍경 같은 강변을 거닐 수 있다. 금강휴게소를 보면 마음의 소리에 귀를 기울이고 오랫동안 거닐어도 시간 가는 줄 모른다. 강변 휴게소 같은 친구를 바라보면 글을 쓸 수 있는 영감이 떠오르고, 이 모두를 같이 느끼며 같이 향유할 수 있었으면 좋겠다는 생각이 들게 한다. 강변 휴게소 같은 친구를 보며 휴식을 취하면서, 내일에 대한 희망으로 한없이 바라보면 얼마나 좋을까.

낙동강, 황강, 남강, 경호강, 덕천강, 한강, 소양강 등 강변을 달리다 보면 많은 강변 휴게소를 만날 수 있다. 밀양에서 창녕남지로 낙동강변을 차를 타고 달리다 만나는 함안보의 휴게소도 있다. 의령으로 국도를 따라 달려갈 때 만나는 강을 건너는 구름다리가 있는 공원은 강변을 거닐 수 있는 길이 있어 좋다. 강변 휴게소에서 강을 바라보면 탁한 마음도 강물에 씻기어 맑고 잔잔하게 흐른다.

고통은 행복으로 가는 길목

어느 계절이든 유행성독감에 걸릴 경우 고생을 많이 하게 된다. 아프면 책을 읽을 수가 없고, 글도 쓸 수도 없다. 아무것도 할 수 없으니 죽은 거나 마찬가지다. 인간이 위대하다지만 한 마리의 독감바이러스에 이렇게 무력한 경우를 경험하고 바이러스와 동거한다는 생각으로 보름이 지나면 대다수 독감이 몸에서 떨어져 나간다. 독감이 낫고 몸이 가벼워지면 신에게 독감을 낫게 해 준 것에 감사한다. 그래서 행복은 과거 경험에 비추어 현재 상태를 말하는가 보다.

니체는 행복이란 "역경을 극복하는 힘"이라고 하였다. 아픔의 연속인 삶이며 아픔과 동반할 경우가 많다. 그런 고통이란 잘못된 개인 삶에 대한 신의 나무람일 것이다. 그래서 견뎌 내야 하는 벌이다. 독일 시인 노발리스는 "신이 성스러운 육체에 손을 댈 때 신에게 경의를 표하여야 한다."고 했다. 인간의 육체는 신이 준 것이니 건강하게 잘 관리해야 한다는 것이리라.

독감을 앓고 나서 아픔 뒤에 오는 행복에 대한 일이 생각나게 한다. 손녀를 너무 사랑하다 보면 사랑을 잃으면 어떻게 되나 두려움이 있지만 손녀를 제대로 보지 못하고 다치게 하였을 때 고통이 따르지만 손녀의 지나친 사랑에 거리를 둘 수 있다. 오히려 아픔을 딛고 일어나는 손녀의 의연한 자세를 보고, 모험심을 길러 주는 것도 다른 방법의 사랑이라는 것을 알 수 있다. 문학 활동을 시작할 때 권위와 명예가 있는 사람에게 존경심으로 그의 대소사에 성의를 다 보여도 그가 나의 대소사에는 아무런 관심을 보이지 않을 때 실망감은 몹시 슬프게 한다.

그럴 때면 내가 권위나 명예가 있다면 겨울에 추운 사람에게는 따뜻한 햇볕이 되고, 뜨거운 여름에는 그늘이 되고, 목마른 나무에는 단비가 되는 그런 사람이 되어야겠다고 더욱 열심히 글을 쓰게 된다. 아픈 만큼 성숙해진다는 말은 이러한 의미에서 나온 말이지 않나 싶다.

독감으로 아무런 일도 할 수 없을 때는 일국의 왕이나 재벌을 하라고 해도 다 쓸데없는 것일 뿐이라는 생각이 든다. 죽으면 고통이 없을 것이고, 살아 있으니 이러한 아픔의 고통이 있다고 생각하니, 어떠한 삶이든 살아 있는 것 자체가 행복이라는 마음의 여유가 생긴다.

아픔으로 잃어버린 시간이 많으면 보상심리의 작용이 있다. 심리학에서 '극복 보상' 내지 '자기만족적 보상'이라는 말이 있다. 로마의 철인 세네카가 "신은 자신이 인정하고 사랑하는 자들에게 역경을 주어 단련시키고 시험하고 훈련시킨다. 불운을 당해보지 않은 사람만큼 불행한 사람은 없다. 불은 금을 단련시키고, 불행은 용감한 자들을 단련시킨다."고 한 것처럼 아픈 몸을 극복하는 과정에서 내 몸을 사랑하게 되고, 아픔으로 열등감을 극복하기 위해 남보다 배로 노력한다. 아픈 몸이기에 더욱 겸손할 수 있다.

부처도 "몸에 병이 없기를 바라지 말라. 몸에 병이 없으면 탐욕이 생기기 쉽나니, 병마들을 수행을 도와주는 벗으로 삼으라."고 하였다. 부처가 육체에 고행을 가했던 것도 신에게 가까이 가기 위해서였다.

건강한 사람도 때로는 독감이 걸리게 하는 것은 자기 성찰의 기회를 주기 위해서이리라. 독감을 앓고 나서 죽음 앞에서는 모두가 동등해지고, 죽으면 몸도 마음도 없다는 것을 알 수 있다.

신의 섭리는 오묘하고 너무 아름답다. 독감으로 몸이 아픈 고통 뒤에 오는 행복이 크다는 것을 알 수 있다. 되돌아보면 사춘기 때 방황과 아픔의 고통은 행복으로 가는 길목에 있었던 것이다.

이것은 변할 수 없는 우주의 진리이다. 아픔을 극복하면서 심신이 건강한 삶 그 자체만으로도 큰 축복이라는 것을 깨닫게 된다.

삶의 매 순간 깔려 있는 행복

출장 중 자동차를 몰고 시내의 한 풍경을 보았다. 빌딩과 간판, 인도의 가로수 사이로 사람들이 한데 어울린 거리가 너무나 아름다웠다. 나이가 들어가는 것일까. 생각해 보았다. 아니었다. 굳이 이유를 붙인다면 내가 이 자리에 현존하고 있다는 사실이었다.

유대인 격언에 "나중에 일은 걱정할 필요가 없다." "매일, 오늘이 그대의 마지막 날이라고 생각하라. 매일, 그대의 첫 번째 날이라고 생각하라."는 말이 있다. 세상에서 가장 비싼 금은 황금이 아니라 '지금'이라는 말도 있다. 현재의 뜻인 영어 'Present'는 선물이라는 뜻을 가지고 있다. 삶의 현재 순간순간은 모두 신이 준 선물이다. 늘 다니던 길도 어떻게 보느냐에 따라 그 마음에 깔려 있는 행복을 볼 수 있다.

아내가 나를 보고 돌아다니는 병이 있다고 한다. 여행은 사는 동안 세상 구석구석을 둘러보고, 매 순간의 아름다움에 젖고 싶은 발로인 것인데 심각한 병으로 착각하는 것은 지나친 것이 아닐까?

일상의 길도 여행길이라 생각하는 자유와 생동감을 느낄 수 있다. 마산에서 강원도 양구에 있는 딸네 집에 갈 때면 여행을 겸한다. 새벽 6시에 후곡약수터에서 약수를 뜨고 평화의 댐에 들르면, 종탑공원과 비목공원을 볼 수 있다. 양구에 박수근 미술관이 있다. 인근에는 김유정, 이효석, 박인환 문학관이 있는데 모두 젊은 나이에 절명한 작가들이지만 삶의 매 순간순간을 그들 자신의 세계를 만들고 삶의 환희를 노래했다.

강원도에 있으면 만해마을과 김삿갓 문학관, 춘천박물관, 속초박물관에서 고대인의 영혼을 만날 수 있다. 이러한 곳을 살피는 시간은 그렇게 행복하고 좋다. 풍경소리와 바람소리, 나무와 동물, 사람의 움직임, 아니 조형물이라도 좋다. 조물주의 신비한 작품이나 인간이 만든 예술품을 보면 너무 아름답지 아니한가. 단 한 번뿐인 삶, 삶의 기회는 다시 오지 않는다. 아픔으로 점철된 고통의 시간, 잠자는 시간, 고뇌의 시간을 뺀다면 행복한 시간은 얼마나 될까. 나는 어떠한 일이라도 주어진 시간 시간에 깔려 있는 기쁨을 발견하려고 한다.

영업활동을 할 때였다. 거래처 사장이 어저께 지리산 정상까지 등정을 하였다고 헬기에서 찍은 사진을 보여주며 자랑하였는데 이튿날 그 사장의 비보를 들었다. 아! 순간의 삶이라. 등산을 하든지 어떤 일을 하든지 주어진 시간을 가장 행복하게 써야겠다. 시간 시간을 행복하게 쓰려면 고인 물은 썩게 되어 있는 것처럼 사람도 한 곳에 고여 있지 말아야 한다고 생각했다. 강물처럼 흘러 흘러 돌에 부딪히고 물굽이를 치면서 흘러야 한다.

나는 여행을 하면서 박물을 즐겨 찾아 두른다. 박물관에서는 수억 년 전의 화석에서부터 조각, 인물 등에서 예술의 혼을 느끼며 본다. 또는 고궁이나 산골짜기 숲 속으로 들어가면, 나무들의 숨소리며 바위, 고적을 보는 삶은 흐르는 시간 속의 여행이었다.

강원도를 오가면서 보는 장릉, 청령포, 온달 공원, 거울 같은 물이 있는 파서탕과 제4땅굴, 통일전망대, 백담사 계곡 등도 나에게 많은 이야기를 들려준다. 나는 출근하여 산더미처럼 쌓여 있는 일에 묻히더라도 여행이라고 생각하면 기쁨으로 일에 몰입할 수 있다. 길을 가더라도 순간순간에 보이는 풍경을 그림을 보듯이 보면 아름다움으로 채워졌다. 어디로 가든 여행의 기회가 주어진다면 망설일 필요가 있을까. 여행길이나 그렇지 않다면 일상에서나마 주변의 환경을 주의 깊게 살핀다면 또 다른 신비한 세상을 보는 눈이 열리고 아름다움을 느끼며 삶의 매 순간 마다 지척에 깔려 있는 행복을 찾을 수 있을 것이다.

생은 활짝 필 때가 가장 아름답다

　초봄에 진달래 꽃밭을 보기 위해 용두산 등산을 하였다. 봄기운이 깔려 있는 등산로에는 진달래꽃이 활짝 피어 발길을 멈추게 하였다. 햇빛을 희롱하듯 분홍빛 진달래 꽃잎을 자세히 보았다. 꽃잎 사이로 벌들이 꽃 피는 한때를 놓치지 않으려고 바쁘게 날아다녔다.

　진달래꽃이 아름답게 핀 것을 보고 온 날, 집에서도 머리에는 진달래꽃이 피어 있었다. 또 보고 싶은 마음이 간절하여 한 주일을 기다려 찾아가 살펴본 그 사이, 진달래꽃은 봄비에 떨어져 아쉬움을 달래야 했다. 꽃은 활짝 피면 곧 지는 것이 자연의 섭리였다. 진달래뿐만 아니라 산수유, 매화, 개나리, 복사꽃 등 모든 꽃은 활짝 필 때가 가장 아름다웠다. 나는 진달래가 활짝 피고 지는 것을 보면서 오늘 살아 있음에 감사하였다. 어떻게 보면 아침에 눈을 뜨고 하루를 맞이하는 것도 꽃이 활짝 피는 것과 동일하지 않을까. 사람뿐 아니라 모든 생명은 활짝 필 때가 가장 아름답다. 활짝 필 수 있을 때 자신을 보여야 한다고 생각했다.

활짝 핀 꽃은, 봄에 문학모임에서 대마도 유명산 등산을 할 때 회원들의 웃음 띤 얼굴을 연상케 하였다. 청정해역의 산을 오른 회원들은 상쾌한 수림과 맑은 공기를 마시며 만면에 웃음꽃이 활짝 피었다. 여행지에서 활짝 웃을 수 있는 것도, 꽃이 피는 것도, 청춘도 한순간의 아름다움이었다.

우리의 삶에서 활짝 필 때가 얼마나 될까. 꽃이 활짝 피는 시간도 잠시뿐이다. 칠일 진달래 또는 칠일 벚꽃이라고 진달래와 벚꽃을 보면 칠일 동안 화려하게 피다 칠일이 지나며 자취도 없이 지고 만다. 꽃이 활짝 필 때면 향기 또한 짙다. 사람들도 꽃이 활짝 필 때면 꽃의 아름다움과 향기를 맡으려고 모여든다.

대마도 기행에서 꽃이 핀 얼굴의 동인들에게도 그 순간은 시간이 지나면 되돌릴 수 없는 아름다운 추억이 될 것이다. 일분일초도 낭비하지 말고 책을 들고 살든 여행을 하든 그림을 그리든 글을 쓰든 활짝 피는 시간으로 채워가야 하는 것을 말해 주었다. 여행은 갈 수 있을 때 가고, 글은 쓰고 싶을 때 쓰고, 책을 낼 기회가 있을 때 내야 한다고 말해 주었다. 추운 겨울 동안에도 얼마나 알뜰하게 살았는지 봄에 꽃이 필 때면 알 수 있다.

진달래꽃은 겨울의 찬바람을 참고 견디어 화사하게 웃었다. 파릇한 새순 사이에 분홍빛 얼굴로 산을 물들이며 가슴 설레게 하던 진달래꽃은 어느 사이에 떨어져 처연하게 흩어져 있었다. 흐르는 계절 탓에 얼마 있지 않아 사라질 것이라는 생각에 진달래꽃을 조금이라도 더 보고 싶어 산을 올라가면서 그래도 싱싱하게 붙어 있는 왕진달래 꽃을 보면서 그나마 위안을 삼을 수 있었다. 꽃을 볼 수 있는 이 소중한 시간을 조금이라도 더 즐기고 싶었다.

꽃은 피어 향기를 남기고, 꽃 진 나무에서도 때가 차면 다시 꽃이 피었다. 사람도 활짝 피는 꽃처럼 때가 되었을 때 무언가를 시도하여야 한다. 성취는 그 열매이다. 나름의 결과에 우리는 만족할 수 없을 때에라도 무엇인가 시도한 자체가 살아있다는 증거이다. 과정이 없는 결과는 없다. 진달래나 벚나무에 꽃이 없을지라도 살아있는 한 다시 꽃이 피고 향기를 날리는 것처럼 우리도 치열하게 열심히 살아야 할 이유가 여기에 있는 것이다.

인간은 일을 하게 되어 있다

　정년퇴임 나이에 들어서고 보니 새삼 '일이 보배'임을 깨닫는다. "인간은 신의에 따라 일을 하게 되어 있다."는 말이 새삼스럽다. 경륜이 원숙한 데까지 이른다는 나이라 일은 무난하지만 은퇴 후의 미래가 불안하다.

　내가 지금껏 건강을 유지할 수 있었던 것은 직장에서 규칙적인 생활을 해왔기에 가능했다. 고등학교 1학년 때에 건강을 잃었지만 직장이 없으면 굶어 죽는다고 아픈 몸을 끌고 다니면서 소처럼 열심히 일했다. 죽느냐 사느냐를 생각할 정도로 많이 아플 때는 나름대로 단식을 하면서 직장을 다녔다. 직장은 단식 중에 음식 조절, 절제와 인내, 규칙적인 생활을 할 수 있게 해주었다. 직장을 쉬고 싶을 때도 많았지만, 몸이 아프다고 집에서 쉬었다면 시들어

죽었을 것이다. 열아홉부터 시작한 직장생활 사십 년이 나의 건강을 지켜주었다. 물론 직장생활을 하면서 스트레스는 수없이 많이 받았다. 그러한 스트레스는 매년 하는 단식으로 극복할 수 있었다. 단식을 하면서 직장생활의 규칙적인 생활에서 오는 약간의 스트레스는 긴장을 불러 일으켜 오히려 건강에 도움이 된다는 것을 알았다.

의학적으로 디스트레스에는 부정적 감정 때문에 해롭다는 노시보 효과가 있고, 유스트레스에는 자신이 만든 상아 조각상에 스스로 반해 버린 피그말리온의 간절함에, 비너스 여신이 그 조각상을 인간으로 만들어 주었다는 신화에서 유래된 '피그말린 효과라는 위약의 효과가 있다고 한다. 나는 단식을 하고, 직장의 스트레스는 유익한 유스트레스로 변환하려 노력하였고, 일에 대한 집중력이 높아지고, 일한 뒤 휴식이 얼마나 인생을 빛나게 하는지 알게 되었다.

아파서 게으름을 피워야 할 당시에는 죽은 것 같았다. 건강을 찾고 부지런하게 움직일 수 있을 때는 말 그대로 생동감의 시간이었다. 직장생활은 나에게 부지런하게 움직이게 하였다. 직장생활을 하면서 그림을 그리고, 여행을 다니고, 글을 쓰고, 하고 싶은 일을 많이 하였다. 자투리시간에 책을 항상 손에 쥐고 있었던 것도 낭비되는 시간도 알뜰하게 쓸 수 있도록 하기 위함이었다.

독립자영을 해보겠다고 시작한 요가, 단식원 운영에 실패하고, 1년 동안 화재보험, 대리운전, 역학아카데미를 운영한 적이 있었다. 잠도 자지 못하고 세 가지 일을 같이 하여도 월급의 반도 벌기 힘들었다. 보험회사, 대리운전을 하면서 받는 스트레스는 말로 다할 수 없을 정도였다.

직장생활은 말 그대로 온상이었다. 직장생활은 경제적인 안정뿐만 아니라, 가족관계, 사대보험에 후불적 임금 성격인 퇴직금까지 준비해 주었다. 또한 직장생활은 인간관계 속에서 나를 갈고 닦는 곳이기도 했다. 직장은 규칙적인 생활로 건강을 지켜주고, 도전의 목표, 의지와 신념과 보람을 키워주는 곳으로, 자기 계발 내지 삶의 모든 것을 가져다준다고 말하고 싶다.

직장의 은퇴 시점에서 노후의 경제적인 빈곤을 걱정하지 않을 수가 없다. 공무원이나 군인들은 은퇴를 하여도 연금으로 생활이 된다. 하지만 일반 직장생활을 한 사람인 경우, 국민연금으로는 턱없이 부족하다. 국민연금은 1988년 시행할 때 55세 연금지급에 지급률이 평균임금의 70%였다. 그동안 대패질 거듭하여 61세 이상 지급에 지급률이 40%가 되었다. 국민연금 개정은 공무원 연금을 개혁하는 모습과는 차원이 달랐다. 국민연금이 호구의 호주머니로 전락하면 어떻게 하나 염려스러운 것도 솔직한 심정이다. 국민연금은 공무원, 교육공무원 연금과의 형평성이 맞지 않는다.

결국 서민들이 불이익을 당해야 하는 연금제도에는 문제가 많다. 실지 중소기업에서 일하는 사람은 이직률이 높고 힘든 일을 하지만 노후보장은 되지 않는 게 우리나라 복지의 현실이다.

나는 일이 없으면 죽는다고 악착같이 살아온 베이비붐 1세대의 공통된 걱정을 하고 있다. 그러나 인간은 부지런하게 움직이면 잘살게 되어 있다. 능력이 없다는 말은 운명을 바꾸려고 부단하게 노력하지 않을 때의 말이다.

은퇴 후에는 어떤 일을 할까 생각해 본다. 물론 그동안 하지 못했던 그림도 그리고, 여행도 많이 하고, 글도 많이 쓰고, 살펴보면 할 일이 많은 것 같다. 경제적 뒷받침 없이 할 일은 많지만, 부지런하게 뛰어다니면 먹을 게 생길 것이라고 스스로 위로해 본다.

가슴 설레는 삶

　가슴 설레는 삶이란 바다로 나가면 바람 따라 설레는 바다를
한참 바라보며 생동감을 느끼는 거와 같다. 파도는 굽이마다 햇볕
을 품고 방파제를 오르는 것을 보고 무슨 선물을 가지고 오는지
바다에게 말을 걸어보면 바다는 설렘의 선물을 가져다준다고 말
하는 것 같다.

　언제 어디서도 설레는 바다를 보면 인체의 심장은 바다를 닮았
다는 생각이 든다. 바다는 떨어지는 햇볕을 잡고 일렁이며 그림을
그리기도 하고, 잔물결이 일기도 하며 항상 설레고 있다. 큰 배라
도 지나가면 거대한 용트림으로 갯바위에 밀려오면서 포효하기도
하고, 크고 작은 일렁임으로 끊임없이 설렌다. 세상 벼랑이나 갯
바위 모난 곳에도 거세게 부딪히고, 시간이 지나면 찰랑찰랑 언제

나 설레고 있다.

바다처럼 가슴이 설렐 때는 생동감이 넘친다. 창작에 대하여 대단히 기대될 때, 희망과 이성에 대하여, 책이나 손주, 그리움에 대한 설렘이 있다. 설레는 일은 일상에 매여 있던 일들 속에서 탈출하여 신선한 감동을 대할 때 크게 일어난다. 신선한 풍경을 접하게 되면 눈을 감고 있던 감성도 혁명을 일으키곤 한다.

사천 해안 일주로 방파제서 눈 내린 은빛 바다를 바라보고 있으면 먼 바다에서 돌고래가 역동적으로 파도를 타고 있어 바다에서 유영하는 돌고래를 보기는 난생처음이었을 때나, 사천대교 전망대에서 계절을 연주하는 색소폰 소리를 들으며 보는 바다 또한 가슴 설레는 낭만에 젖어들어 드라마에서처럼 감동적인 장면으로 가슴 설렌다.

눈 온 후 높은 파도로 일렁이는 바다는 생동감이 넘친다. 바다는 태풍이 한번 뒤집어 주면 새로운 생명들이 살아난다. 지상의 영토분쟁, 이데올로기 같은 격정적인 파도는 세상을 변화하게 하였다. 공지영 소설 ≪도가니≫의 영화도 사회에 숨겨진 부조리를 한번 뒤집어 감동이 있는 세상으로 변화시킨 파도였지 않는가. 눈바람 속에 격정적인 파도도 바다의 내면을 변화시키고, 시간이 지나며 잔잔해지는 것은 세상살이의 지혜를 말해준다.

여행지에서 듣는 음악과 설레며 보는 바다. 어딘가 낯선 세계에 있다는 자체로도 가슴은 바람에 따라 물결이 이는 바다처럼 끊임없이 설렌다.

　일상에서 설렘이 일어나지 않을 때면, 일상에서 벗어나 푸른 물결 일렁이는 바다로 여행을 떠나보자. 여행지의 바다는 갑갑한 가슴을 뻥 뚫어 주고 설레는 파도가 밀려오는 한편의 드라마요, 한 권의 책이라는 것을 알 수 있다. 바다에 크고 작은 파도로 항상 있듯이 생활 주변에도 설렘이 있다. 설렘의 시간은 가장 가치 있는 시간이라 다리가 후들거릴 때가 아니라 가슴이 뛸 때 여행을 떠나라는 말처럼, 가슴 뛰는 삶을 찾아다니라 한다. 단 한 번뿐인 인생은 어차피 죽을 때까지 여로이지 않은가.

강천산 애기단풍

애기단풍은 잎이 얇고 크기가 작은 단풍 이름이다. 애기단풍잎
을 자세히 보면 녹색과 노란색 붉은 색으로 물이 드는 것이 보인
다. 햇빛에 투명하게 빛나는 단풍을 보면 나뭇잎의 혈관이 비치는
것 같다. 애기단풍이 불타오르는 것처럼 붉은 것은 봄, 여름 수분
과 햇볕 영양을 빨아들이든 나무가 겨울로 들어가기 위해 염록소
가 줄어드는 대신 안토시아닌과 카로티노이드가 생성되면서 노랗
고 붉은 빛을 내는 것이라 한다. 단풍나무는 자신의 열정을 불태
우는 모습도 아름답지만, 떨어지는 모습 또한 열정을 다 태우고
떠날 때 떠나는 뒷모습처럼 아름답다. 나는 단풍이 물들고 떨어지
는 쓸쓸하면서 아름다운 계절을 가장 좋아한다. 그런 이유로 단풍
이 물들 때면 지리산 피아골이며 선운사, 강천산으로 자주 가는

편이다. 특히 강천산으로 가면 애기단풍은 인기 있는 스타처럼 많은 사람을 몰고 다닌다. 애기단풍 길을 따라 신발을 벗고 모랫길을 걸어간 평풍폭포에서는 날아다니는 물방울이 애기단풍 위에 앉는다. 애기단풍은 폭포의 물방울로 청동 거울처럼 눈을 반짝이는 것 같다.

강천산 골짜기로 줄지어 서있는 애기 단풍사이로 행복한 미소로 걷은 사람들로 넘쳐난다. 구름다리에는 구름처럼 모여드는 사람들로 한번 건너가는 인원을 20명으로 제한하여 삼십 분을 기다려도, 애기단풍에 마음을 빼앗긴 사람들은 시간 가는 줄 모른다. 설악산, 속리산, 내장산 , 선운사 단풍이, 강천산 애기단풍에 비교되랴! 강천산 애기단풍은 광덕산, 산성산의 골짜기에는 평풍폭포 외 많은 폭포와 함께 어울려져 남한의 금강산이라 하여 매번 와도 비경에 마음을 빼앗긴다.

강천산 애기단풍을 따라가면서 산을 뒤적여 보면 볼거리가 많다. 광덕산을 지나 산성산을 오르면 고려인들이 쌓았다는 7.3km 길이의 금성 산성을 만날 수 있다. 뚝배기 향기가 우러나는 금성 산성을 넘어가면 청주를 담아놓은 것 같은 담양 호수가 나온다. 호수 변 오솔길로 떨어져 있는 푹신한 단풍을 딛는 느낌과 떨어지는 단풍 사이로 걷다보면 운치를 가슴에 가득 담으면 걸을 수 있다.

강천산 골짜기의 애기단풍은 전국에서 몰려든 사람들 밝은 웃음의 물결과 어울려져 더욱 아름답다. 애기단풍은 자신을 불태우고 가지에서 떨어지는 아름다운 가을의 운치와 느낌을 배낭 가득 담아 주고, 한 점의 그림 같은 풍경을 보이며 행복이란 애기 단풍 속을 걷는 것이 아닌가 말하는 것 같다.

　　애기단풍 속을 얼굴에 덕지덕지 화장을 하고 청바지를 입고 걷고 있는 사람, 애기단풍 잎을 머리에 꽂고 가는 사람, "우리나라에 이런 곳이 있을 줄 몰랐다."라며 휴대폰을 귀에 걸고 걸어가는 사람도 있다. 애기단풍 속을 걸으며 수많은 인파 속에서 밀려다니는 많은 표정의 얼굴을 보면서 나는 어떤 얼굴로 살아가고 있는지 스스로에게 물어보면서 걷는다. 애기단풍 속에서 걷는 사람들의 표정은 모두 밝다. 사람들의 얼굴을 바라보는 나는 남의 얼굴이 곧 내 얼굴의 거울이라 일상으로 돌아가면 좀 더 밝은 얼굴로 지내야 되겠다고 생각한다. 강천산 애기단풍은 일상생활에 있었어도 애기단풍 속을 걸을 때 표정처럼 편안한 얼굴로 임해라고 한다.

기다림의 시간

　병원에서 진료를 위해 차례를 기다린다. 이 병원 원장이 큰 종합병원에서 근무한 경력에다 친절까지 해서 항상 만원이라 기다리는 시간이 삼십 분 이상이다. 나는 기다리는 시간이 생기면 읽고 싶은 책을 읽는다. 그러면 시간이 언제 갔는지 모르게 간다.

　기다리는 시간에는 기대감 같은 것이 있다. 무언가 모르게 새로움이 있을 것 같고 좋은 소식이 있을 것 같다. 비즈니스로 만날 사람도 찻집에서나 자동차 안에서 기다리는 시간이 있으면 책을 읽을 수 있고, 사색의 공간을 가질 수 있어 좋다. 기다림이 있는 시간은 어쩜 자유로운 상상의 시간이기도 하다. 내가 들어갈 틈이 없는 이러저러한 팍팍한 업무의 틈바구니에서 숨이 막히지만, 기다림이 있는 시간은 내가 들어갈 수 있는 시간이다. 복권을 사는 심정도 무언가 좋은 일이 있을 것을 기대하는 데서 오는 것이니 동일한 마음이 아닐까 생각한다.

기다림은 어둠의 빛이거나, 겨울을 견디고 돋아나는 꽃들, 긴 어둠을 걷어내는 새벽녘의 환희, 긴 육체적 아픔을 극복하는 단식의 신비 같은 아름다움이 있는 시간이다. 추위, 더위, 배고픔, 목마름, 불쾌한 일을 견디면 보석을 얻을 수 있다는 기대감이 있는 시간이다.

기다림은 그리움이 내재된 시간이다. 성공하는 사람은 기다릴 줄 아는 사람이다. "기다릴 줄 아는 사람은 바라는 것을 가질 수 있다." "술이 맛있어지기 위해서는 오랫동안 술통에 갇혀 있어야만 한다."는 프랑스 격언처럼 맛있는 열매도 기다림 끝에 영근다.

그리움이 있는 기다림이라면, 막연한 기다림이라도 건조하기 쉬운 마음을 쉼 없이 적시는 물방울과 같다. 가뭄 끝에 내리는 단비처럼 촉촉하게 우리 마음을 적신다. 우리는 연약할수록 꿈을 꾸는 듯 많은 그리움으로 기다릴 줄 안다. 자신이 죽음을 생각할 정도로 아플 때나 비참함을 느낄 때면, 외로움을 만져줄 이성을 기다린다. 어쩌면 그리스 신화의 잃어버린 반쪽을 그리워하며 찾기 위한 오랜 기다림이 이런 것이 아닌지 모르겠다. 그래서 인간은 잃어버린 반쪽을 찾을 때까지 근원적으로 외롭다는 것이다. 기다림이란 이러한 외로움에서 시작된다. 마찬가지로 잃어버린 것이 많을수록 기다림도 크다고 하겠다.

생각해 보면 기다림은 어릴 때 홀로 하는 시간에도 있었고, 사춘기 때 위장을 상하게 하여 아픔과 싸워야 하는 청춘기에도 있었다. 보다 인간다운 사람이 되기 위해 책을 읽는 시간도, 어떤 목표나 성공을 위해 공부하는 시간도 기다림의 시간이었다. 기다림의 시간은 스킨다이버를 하면서 아무것도 보이지 않는 두려움의 바다 밑바닥에 가라앉으면, 편안하게 볼 수 있는 산호나 수초 같은 것이었다. 고통이 따른 뒤 얻는 가치로 오랫동안 다듬어야 되는 다이아몬드처럼 그런 것이었다.

삶이 있는 한 기다림은 자신과의 싸움에도 있고, 남모를 아픈 몸과의 싸움에도 있다. 투명한 칼날로 오염된 해수욕장처럼 매립할 수도 없는 육체적 아픔을 잘라내고, 새살이 돋게 하는 단식에도 있다.

기다림의 시간이 있을 때, 책을 읽고 기다리면 마음이 편안해져 희망이 생기고, 좋은 소식이 있을 것 같다.

친구를 기다릴 때, 손님을 기다릴 때, 성취를 기다릴 때, 그리움을 기다릴 때 좋은 일이 있을 것 같은 기대감으로 어떤 설렘이 있기 때문이다. 죽으면 아픔이나 기다림도 없다. 무언가 알 수 없는 그리움이 내재되어 있는 기다림이 있는 한 희망이 있다.

손녀

    강원도로 시집간 외동딸이 출산한 아기를 보는 순간 세상은 너무나 눈부시고 신비로 가득 찼다. 건드리면 터질 듯한 아기를 안자 내 가슴은 기쁨으로 터질 듯 부풀어 올랐다. 아기의 꼼지락거리는 조그마한 손과 발이며 하품하는 모습은, 세상의 아름다움과 신비를 선물해 주었다. 누가 종로 한복판에서 '내 딸이 손녀를 낳았다.'고 외치고 다니고 싶도록 기쁘다고 한 말을 알 것 같았다.

    그런 손녀를 사위가 장기 출장을 가서 올봄과 여름 5개월간 같이 지내며 곁에서 볼 수 있었다. 아내는 집안일이 늘어났지만 손녀 보는 기쁨으로 기꺼이 감내하였고, 나는 생명의 신비에 환호하며 행복에 싸여 생활할 수 있었다. 아기의 풍선같이 말랑한 피부는 탄력 있는 푸른 싹을 만지는 것 같았고, 아기의 방긋 웃는 웃음으로 내가 웃으니 세상 모두가 웃고 있는 것 같았다. 손녀를 보는 눈으로 나와 다른 가족의 아기 때 모습을 보며 우리 몸은 광대한 우주이며 신비체임을 실감하였다. 나는 손녀와 함께 호기심이 가득한 눈으로 풀과 꽃을 바라보았으며, 바다를 보고, 새와 나비를 따라 뛰어다니며 생명의 신비에 흠뻑 빠져들었다. 아기와 같이 그네와 미끄럼틀을 타며 감성의 아기가 되어보기도 하였다.

손녀, 그 신비스러운 아기가 뛰어와 품에 안기면 가슴이 벅차올라 세상 모두를 안은 것 같았다. 오토바이나 자동차가 지나가는 길에서도 잠시 눈을 뗄 수 없도록 뛰어다니는 손녀를 돌보는 동안, 늘 마음으로 신에게 손녀가 스스로 일어서는 법을 배우고 위험에서 자기를 보호할 수 있는 성인으로 곱게 자랄 수 있도록 해 달라고 기도를 달고 지냈다.

사실 우리가 살아가는 날들은 모두 기적이다. 이러한 기적 속에서 살아온 인간의 생명 하나하나가 얼마나 고귀하고 신비한 생명체인가. 신의 보살핌에 대하여 아무리 감사해도 모자랐다.

45억 년 지구의 역사에서 700만 년 전 포유류의 등장으로 시작된 인간은 어느 생명과 다름없이 자손이 자손을 낳으며 이어졌지만 긴 안목에서 보면 눈 깜빡할 사이에 태어나고 소멸한다. 우주에서 보면 시간은 찰나이다. 손녀를 보면 찰나의 시간에 노하고 바쁘게 살 것이 아니라 방글방글 웃으며 살아야 한다는 생각이 든다. 손녀를 보면 모두를 내려놓고 순수로 돌아가는 삶이란 오묘하기만 하다. 불현듯 손녀가 성인으로 자랄 때까지 살아야겠다는 용기가 샘솟는다. 손녀를 보면 이 들판에서 뛰어놀던 유년이 어제 같은데 청춘의 아픈 시기를 거치고 결혼하고, 내 아이의 아기까지 안게 되었으니 너무 축복받은 삶을 살아왔다는 생각이 든다.

우주는 사랑의 원리이다. 손녀를 보면 푸른 새싹을 보듯 마음이 푸르러지고 행복하다. 인간이 태어나 성인으로 성장하고 손주를 볼 수 있도록 수명을 준 것은 모두 새 생명으로 자신의 분신을 남기고 죽음으로 우주에 합일한다는 것을 깨닫게 한 것이리라.

손녀를 보면, 세상을 잘 살아가려면 자신의 모습 그대로 행동하라는 말은 아기처럼 살라는 말임을 알 수 있다. 아기는 천사이다. 천국에 사는 것이라 함은 다름 아닌 아기의 마음으로 세상을 사는 것이리다.

나는 16살 때 이 지상에서 소멸될 위기를 겪었다. 지금 이 시간, 여기 이 자리에 있다는 것이 신비 그 자체이다. 내가 보아 온 산과 바다 모든 자연의 궤적을 따라가 보면 신비롭지 않는 게 없었다. 지금 지상에 존재하지 않을 수도 있었던 나였기에 내가 만나는 사람, 지상의 자연과 생명들 모두 더없이 소중하다. 더구나 나에게 아내와 아이가 있다는 것도 너무나 신기하고 귀한데, 내 아이가 낳은 손녀는 내 삶에 있어 신비의 극치이자 아름다움의 극치가 아니겠는가.

인터넷 오락 유감

시간이 돌덩이처럼 느껴질 때 나뭇잎처럼 가볍게 하려고 인터 넷 바둑을 즐겨 둔다. 흔히들 바둑을 두고 "신선노름에 도끼자루 썩는 줄 모른다." "바둑에 몰입하다 보면 집에 불이 나도 모른다." 는 말은 바둑의 폐해를 말하는 것이다. 바둑을 두다 보면 우리는 욕구라는 달리는 말의 고삐를 잘 잡고 다스려야 한다는 것을 알 수 있다.

바둑 게임을 하면서 이기는 즐거움과, 졌을 때 이길 수 있다는 생각에 시간 가는 줄 모르고 새벽까지 두다 보면 그것은 즐기기 위한 게임이 아니라 스트레스 덩어리이다. 바둑 게임을 얼마나 하였는지 궁금하여 바둑 사이트를 둘러보았다. 타이젬, 엠게임, 대쉬, 오로, 넷 바둑을 포함하면 거의 일만 번이나 되었다. 2003

년부터 시작한 게임이 한 번에 30분을 소비하여도 삼십만 분이다. 시간으로 계산하면 오천 시간이 나온다. 하루 8시간 일하는 시간으로 계산해도 1년 8개월을 줄기차게 바둑 게임을 했다는 계산이 나왔다.

황금보다 소중한 생명의 시간을 오락에 빼앗기고 인생을 허비하였으니 기가 차는 노릇이었다. 바둑은 오락 중에서 조금 나은 오락이다. 고스톱이나 카드 등 게임머니를 올리기 위해 하는 노름성의 오락은 돈에 마음을 뺏겨 더 많은 시간을 먹어 치운다. 실지로 현금이 거래되는 게임에 빠지게 되면 돈만 잃는 것이 아니라 피폐한 마음 때문에 정신까지 망가지는 경우가 허다하다. 자기의 생명을 보석으로 다듬기는커녕 폐석으로 버린다고 생각하니 폐해는 측정이 되지 않는다. 이는 어쩜 문명의 폐해라는 생각이 들기도 한다. 옛날에는 바둑을 둘 수 있는 사람과 바둑판이 있어야 바둑을 두었지만 현대는 가상공간의 세계가 있어 전국, 아니 세계의 사람들과 쉽게 만나 취미를 즐길 수 있기 때문이기도 하다. 바둑이 직업이 아니라 일상적인 일을 하면서 두게 되면 폐해는 더욱 크다.

어느 날 인터넷 바둑을 두는데 수험을 앞둔 수험생인 딸아이가 인터넷으로 강의를 들어야 한다면서 비켜 달라고 하였다. 나는 당시 두고 있는 이 판만 끝내고 일어나겠다고 하였다. 그러자 아버지가 바둑에 빠져 있으니 참다 참다 못한 딸이 "아빠가 시험에 떨어지면 책임질 꺼야?"하며 나를 몰아세워 민망한 적이 있었다. 인터넷으로 공부하려는데 인터넷 바둑에 빠져있는 아빠를 속으로 원망을 했겠다고 생각하면 미안한 마음 금할 길 없다. 아버지가 바둑을 절제하지 못하는 성격으로 아이의 앞날에 영향을 미치지 않았다고 볼 수가 없으니 한심한 노릇이다. 나는 컴퓨터에 "바둑은 아편이다. 바둑은 시간을 좀 먹는다. 바둑은 우울증을 부른다. 바둑이 생각나면 다른 일을 하자."고 곧잘 써 둔다. 그러다가 복잡하게 생각하는 일에 부딪히면 메모를 무시하고 슬그머니 바둑이 생각난다. 바둑이 집중력에 좋고, 잠시 머리를 식히는 휴식용이라고 해도 많은 시간을 빼앗는다. 사교성 바둑을 즐기는 것은 스트레스 해소용이라지만 바둑은 이기고 지는 승패가 있고, 인생의 거울로 보기도 하는 심리로 중독성이 있어 피해를 부르기도 한다. 잃은 돈을 회수하려는 도박의 심리처럼 우울감과 스트레스를 피하려는 욕구와 이겨보려는 욕망으로 쉽게 행동에 자제력을 잃게 된다.

시간이 남아돌 때나 무료한 시간을 보내야 할 때는 바둑의 십계명에 있는 것처럼 나를 먼저 돌보고 상대를 공격해야 한다는 등 세상사 이치도 담겨 있어, 한, 두 판은 둘만하다. 그러나 중독이 되다시피 두는 바둑은, 만성적인 진행성 자제력의 장애로 심신의 건강을 해친다.

근래에 와서는 인터넷 바둑을 두지 않고 휴일이며 마산 저도에 가서 비치로드 길을 걷는다. 비치로드를 걷다가 바다로 내려가서 바닷물에 손 담그며 바다는 꼬리를 흔드는 강아지 같다. 이 길을 노래를 부르고 걸으며 건강에도 좋다고 노래를 부르며 걷기도 하고, 걸으면서 암기를 하면 암기가 잘 된다고 책자를 보면서 암기를 하며 걷는다. 바다가 보이는 산책길이라 이 길을 걸으며 스트레스가 풀리고 몸이 가벼워져 일주일이 가볍게 넘어간다.

시간을 가치 있게 쓰려면 지금 이 순간부터라도 밀폐된 공간에서 인터넷 오락을 하기보다 산책을 하자. 어느 곳이든 탁 터인 공간을 찾아 산이나 바다가 있는 길에서 맑은 공기를 마시며 산책을 하자, 산책을 하면 컴퓨터와 오락을 하는 것 보다는 건강에도 좋거니와 알뜰한 시간이 될 터이다. 인터넷 오락보다 지혜를 얻을 수 있고 더 행복해질 것이다.

천국의 경험

불교에서 쓰는 용어로 방하착(放下着)이란 말이 있다. 모든 욕망을 내려놓으라는 뜻이다. 모든 집착을 내려놓고 육감에서 마음까지 내려놓으면, 죽음의 순간에도 마음이 편안해진다는 말이다. 모든 것을 내려놓은 상태의 마음을 부처의 마음이라고 말함이다. 욕망은 삶의 원동력이기에 버린다는 것은 쉽지 않다. 그렇지만 나를 온전히 버리고 세상을 대하면 마음이 편해진다는 것은 신의 뜻이지 않나 싶다.

나를 버리고 천국에 있는 것 같은 마음을 경험한 적이 있었다. 고등학교를 갓 졸업하고 얼마 지나지 않아서였다. 동네에서 늘 같이 지내던 후배가 있었다. 그 후배는 야구부가 있는 고등학교의 한 해 후배로 야구공과 방망이, 글러브를 가지고 있었다. 나는 후배에게 공부를 가르치기도 했지만 운동을 같이하는 시간이 많았다. 무더운 여름이었다. 야구 투수와 포수를 서로 바꾸어가며 야구공을 주고받다가 땀을 많이 흘려 해수욕장에 가기로 하였다. 우리는 혼잡한 버스에 몸을 싣고 한참 달린 끝에 가포 해수욕장에 도착하여, 서둘러 탈의실에 옷을 맡기고 바다로 뛰어들었다. 나는 그동안 배운 수영 실력으로 바다 깊이까지 잠수하다가 물 위로 올라오니 머리에 부딪히는 것이 있었다. 뭔가 살펴보니 배 밑 부분이었다. 처음에 대수롭지 않게 생각한 나는, 배 밑을 빠져나오기 위해 거꾸로 서서 배 밑을 두 발로 힘껏 차고, 다시 잠수했다가 물 위로 떠올랐다. 그래도 머리가 닿은 곳은 배 밑이었다. 다시 배 밑을 발로 힘차게 차고 빠져나가 떠오르니 또 배 밑이었다. 다시 시도하기를 여러 차례 배 밑을 빠져나오려고 하였으나 계속 배 밑이었다. 사태를 심각하게 생각하였을 때는 물을 먹을 대로 먹은 상태였다. 마지막으로 온 힘을 내어 배 밑을 발로 차서 아래로 힘껏 잠수하여 떠올랐으나, 배 밑을 빠져나오지 못했다. 배 밑에 들어가 빠져나오지 못하면 죽는다는 말이 생각났다. 살기를 포기하고 죽을 수밖에 없다는 것을 알았다.

　나는 발버둥을 포기하고 죽음을 맞이하기 위해 눈을 감고 두 팔과 다리, 온몸의 힘을 완전하게 뺐다. 순간 마음이 그렇게 편안할 수가 없었다. 마치 천국이 이런 것이구나 하는 기분으로 눈을 감고 죽었다고 생각했다. 그러자 몸이 물 위로 뜨는 게 아닌가. 눈을 떠보니 배 밑을 빠져나와 푸른 바다가 넘실되는 수면 위에 떠 있었다. 저쪽에는 한 아베크족이 만면에 웃음과 함께 뱃놀이를 즐기는 나룻배뿐이었다. 아무튼 그때 편안함을 경험한 것은 어떻게 표현할 수 없을 정도여서 그 편안함을 천국에 있는 것 같았다고 표현할 수밖에 없었다.

삶이란 '접시 물에 빠져도 죽을 수 있다.'는 순간으로 살아간다. 지상의 삶이란 순간순간 잘 살아가기 위해 발버둥치는 것이나 다름없다. 살아가면서 얻는 명예, 권력, 재산은 모래성 같은 것이었다. 나는 당시 물을 많이 마시게 되었고 그렇게 먹은 물을 모래사장에 토해내고 죽을 것 같이 누워 있었는데 한참 후 정신을 차렸을 때는 주위를 둘러보고 부끄러움에 달아나듯 그곳을 벗어났다.

세계를 지배한 알렉산터 대왕도 유언으로, 내 손을 관 밖으로 내놓고 사람들에게 보이라고 한 것은 온갖 명예와 권력과 부를 누렸지만 죽을 때는 빈손으로 간다는 교훈을 남기기 위해서였다고 하는 것처럼 죽을 때는 옷 한 벌밖에 걸치지 못하는 것이 인생이다.

해수욕장에서 죽음 직전까지 가서 모든 것을 포기하였을 때, 천국에 있는 것같이 마음이 편안한 체험은 소중한 경험이었다.

어려움이 부딪힐 때마다 살아 있는 한 아무리 어려운 일이라도 못할 것이 없다고 생각한다. 죽음 직전까지 갔다 온 사람이라면 삶을 더욱 알뜰하고 가치 있게 써야 된다는 것을 자각한다고 한다. 나는 이러한 소중한 경험으로 삶이란 고통만큼 성숙하고 아픔만큼 삶의 가치를 알게 한다는 것을 알았다. 욕망을 이루는 만족을 누리기도 하지만 버리고 얻는 기쁨도 있다. 버리면 마음이 편안해진다는 것을 체험한 이후 나는 매일 버리는 연습을 한다.

한 여인의 운명

나는 건강을 잃고 직장생활이 힘들어 직업에 대하여 고민이 많았다. 약한 몸으로 할 수 있는 일은 역술인이라 생각하고 역학 공부를 한 적이 있었다. 직장생활이 어려울 때 그동안 연구한 부분을 모아 책을 만들어 사주를 보아 준 적도 있었다. 역학은 미래에 대한 예언을 듣고 싶은 미래 욕에서 출발하였다. 사주는 한 마디로 좋은 말을 듣고 자라면 좋은 생각을 가지게 되고 운명도 좋게 풀린다고 이해된다. 앞으로의 운명을 알 수 있다면 어떻게 될까. 그렇게 살 것이 두렵고, 어차피 그렇게 살 것이라면 노력이 필요 있을까. 진실되고 성실하게 살기보다 쾌락과 향락에 물들지 않을까. 사람들은 미래에 대하여 알 수 없기에 조금 더 나은 내일을 위해 오늘 좋은 생각을 하고, 열심히 공부하고, 일하고, 노력하고 있지 않을까.

운명을 알고 싶은 욕망으로 사주를 보는 인구가 40%정도 된다고 하니 동양학의 사주는 서양에서 말하는 컨설팅으로 생각하면 되었다.

하루는 할머니 한 분이 살아온 날이 박복했다고 앞으로의 운명을 보고 싶다고 찾아왔다. 나는 할머니를 보고 어머니 생각이 났다.

나의 어머니는 머리를 길게 기른, 얼굴에는 홍조가 있고 바위틈에 핀 꽃처럼 살며시 고개를 내미는 아름다운 여인이었다. 언제나 치렁치렁한 머리카락을 비녀로 묶은 단아하고 정갈한 모습으로 우리들 눈에 비쳤다. 늘 그렇게 다니던 모습이 눈에 선하다. 미인박명이라고 어머니는 일제하에서는 독립운동으로, 해방 후 6·25를 겪는 등 우리나라가 겪은 분쟁의 소용돌이 한 가운데를 살아왔던 분이다. 그 만큼 파란만장한 인생이기에 내가 살아 온 이야기를 책으로 쓰면 열 권 이상이 될 것이라고 했던 말을 기억한다.

나는 한편으로 어머니를 생각하면서 할머니의 박복한 이야기를 들어 보았다. 할머니는 열다섯 살 들어서던 해 어린 나이에 한 고개 넘어 부락의 박씨 집안 일곱째인 현재 남편을 만났다고 하였다. 초가삼간에서 농사만 지어온 어리숙한 남편과 시어머니 그리고 시누이와 같이 살았는데, 가난하여 제사도 남의 집에서 얻어

온 음식으로 지내다 시피 했고, 밤이면 이불 없이 기름종이를 바른 연기 나는 구들바닥에서 잤다고 하였다. 옛날 말에 '집에 병자가 있으면 가난을 면치 못한다.'고 하였는데, 시어머니는 폐결핵에 걸려 그녀가 이웃에 먹을 것을 구걸하였다고 하였다. 그녀는 시어머니와 있는 단칸방에서 자식을 3명이나 낳았는데, 끼니도 때우기 힘든 형편이라 첫째 딸이 젖을 떼자 이웃에 민며느리로 주었고, 두 번째 낳은 아기는 업고 눈 쌓인 배추밭에서 신발을 살 돈이 없어서 맨발로 일을 하였다고 하였다. 손이 얼어붙는 겨울에도 남의 집에 가서 농사일이며 바느질이며 품팔이를 하여 품삯을 받아와서 생활을 하였는데, 시어머니와 시누이는 그녀의 고생은 아랑곳하지 않고 미움을 많이 받았다고 했다.

그녀는 끼니를 걱정해야 하는 시집이라 굶기를 밥먹듯이 했으므로 스무 두 살이 되던 해에 죽을병에 걸린 상태에서 임신을 하였고, 친정어머니가 밤낮으로 간호하여 겨우 부기가 빠져 애를 낳을 수 있었다고 하였다. 그녀는 어렵게 얻은 아이라 업어 키우면서 옷가지를 바느질하여 삯을 받아 애한테만 먹이면, 옆에서 보는 사람이 "애한테 그만 먹이고 본인도 좀 먹으소. 흉년에는 아이는 배가 터져 죽고 어른은 배고파 죽는단다."라고 하면서 혀를 끌끌 찼다.

그녀가 삯바느질 등으로 억척같이 부지런하게 일한 덕분으로 집안 형편이 점점 나아지게 되었는데, 술을 좋아하는 남편은 딴 생각이 들었는지 술장사를 하는 첩을 얻어 따로 살림을 차렸다. 첫째 아들이 장성하여 월급을 받고, 논도 사고하여 재산이 늘어나자 시집에서는 그녀를 학대하기 시작했다고 하였다. 밤이면 "여자는 사흘만 놓아두면 뒷동산 야시가 되어 올라간다."는 말이 있어 야시가 될까봐 때렸고, 아침이 늦으며 지금까지 뭐 했냐며 배고프다며 때렸다. 먹고 살기 위해 밖으로 나돌며 일을 했던 그녀에게 남편은 의처증이 있었다. 조금만이라도 트집을 잡을 일이 생기면, 조건 없이 "이년이" 하면서 발로 차는 등 행패를 부려서 지옥과 다름없는 나날을 보냈다고 술회했다.

할머니의 이야기만으로는 무엇이 가족의 감정을 칼날처럼 벼리게 했는지는 알 수 없었다. 당시에는 시집을 가면 죽어도 시집에서 죽어야 한다고 했기에 며느리가 죽어도 신경을 쓰지 않는 법이었다고 하였다.

할머니가 억압되었던 이야기를 토하고 마음의 병이 조금이라도 치유되었으면 싶었다. 한스러운 운명이라기보다는 과거에 어떠한 고난이 있었더라도 현재 행복감이 있는 한 행복한 사람이라고 마음의 눈을 떴으면 하였다. 우리나라가 좀 더 일찍 개화되었더라면 할머니의 삶은 어떠했을까. 할머니가 많은 책을 읽고, 높은 차원의 의식을 가지고 살았더라면 어떠한 삶을 살았을까.

할머니의 이야기에서 고려시대에 방만하였던 여인을 억압한, 조선시대 사대부가 만든 여인의 시집살이의 단편을 볼 수 있었다. 조선시대 여인들은 벙어리 삼 년, 귀머거리 삼 년, 봉사 삼 년의 시집살이와 칠거지악의 틀에 갇혀 한 많은 삶을 살아야 했다. 요즘에는 상상도 하지 못할 일이었다.

운명이란 태어난 시대에 따라, 태어난 나라에 따라 다르고, 국외 이주 등에 따라 달라지지 않을까. 할머니는 당시 사회상을 따르지 않고 높은 차원의 사고로 운명을 개척해 나갔다면 지금 어떻게 되었을까? 생각에 따라 운명의 색깔이 다르게 보이지 않을까 싶다.

지난해 우리나라의 이혼율은 OECD 국가 중에서는 9위를, 아시아에서는 최고로 결혼 대비 이혼율이 47.1%라고 한다. 이는 여성의 억압에 대한 해방과 무관하지 않을 것이다. 지금은 이른바 서로 성의 역할을 이해하고 아끼고 사랑하는 시대이다. 인류는 여성의 출산과 자식에 대한 모성으로 이어져 왔다. 여자는 생명력이요, 우주요, 지구요, 삶의 진리요, 사랑의 원리이다. 여성이 사회에서 보호되어야 할 이유가 여기에 있다. 대부분 여인은 좋은 남편을 만나 오손도손 자식을 키우며 행복하게 살려고 한다. 그녀의 삶에 대한 편견이 다소 있을 수 있더라도 여인은 치렁치렁한 머리와 부드러운 가슴으로 세상을 아름답게 치장한다. 사회의 가장 기본 단위인, 가정의 교육자인 어머니의 삶은 너무나 위대하다 하겠다.

할머니는 한 여자로 태어나 자식을 잘 키웠고, 운명을 잘 개척해 나왔기에 그것만으로도 행복한 운명이지 않을까. 그러기에 조선시대 여인의 삶은 더욱 위대하다. 나는 할머니의 이야기를 듣고서, 과거의 어머니들이 자신을 버리면서 까지 가족을 위해 헌신한 자랑스런 전통에 긍지를 가져야 할 것이라고 말하면서 위로 할 수밖에 없었다.